TRAGÉDIA EM MARILUZ

Editora Appris Ltda.
1.ª Edição - Copyright© 2023 do autor
Direitos de Edição Reservados à Editora Appris Ltda.

Nenhuma parte desta obra poderá ser utilizada indevidamente, sem estar de acordo com a Lei nº 9.610/98. Se incorreções forem encontradas, serão de exclusiva responsabilidade de seus organizadores. Foi realizado o Depósito Legal na Fundação Biblioteca Nacional, de acordo com as Leis nºs 10.994, de 14/12/2004, e 12.192, de 14/01/2010.

Catalogação na Fonte
Elaborado por: Josefina A. S. Guedes
Bibliotecária CRB 9/870

G311t 2023	Gehlen, Maccleiton Tragédia em Mariluz / Maccleiton Gehlen. 1. ed. - Curitiba : Appris, 2023. 78 p. ; 21 cm. ISBN 978-65-250-4644-0 1. Ficção brasileira. 2. Tragédia. I. Título. CDD – B869.3

Editora e Livraria Appris Ltda.
Av. Manoel Ribas, 2265 – Mercês
Curitiba/PR – CEP: 80810-002
Tel. (41) 3156 - 4731
www.editoraappris.com.br

Printed in Brazil
Impresso no Brasil

Lekarz Orlovski

TRAGÉDIA EM MARILUZ

FICHA TÉCNICA

EDITORIAL Augusto Vidal de Andrade Coelho
Sara C. de Andrade Coelho

COMITÊ EDITORIAL Marli Caetano
Andréa Barbosa Gouveia (UFPR)
Jacques de Lima Ferreira (UP)
Marilda Aparecida Behrens (PUCPR)
Ana El Achkar (UNIVERSO/RJ)
Conrado Moreira Mendes (PUC-MG)
Eliete Correia dos Santos (UEPB)
Fabiano Santos (UERJ/IESP)
Francinete Fernandes de Sousa (UEPB)
Francisco Carlos Duarte (PUCPR)
Francisco de Assis (Fiam-Faam, SP, Brasil)
Juliana Reichert Assunção Tonelli (UEL)
Maria Aparecida Barbosa (USP)
Maria Helena Zamora (PUC-Rio)
Maria Margarida de Andrade (Umack)
Roque Ismael da Costa Güllich (UFFS)
Toni Reis (UFPR)
Valdomiro de Oliveira (UFPR)
Valério Brusamolin (IFPR)

SUPERVISOR DA PRODUÇÃO Renata Cristina Lopes Miccelli

PRODUÇÃO EDITORIAL Nicolas da Silva Alves

REVISÃO Simone Ceré e Samuel do Prado Donato

DIAGRAMAÇÃO Renata C. L. Miccelli

CAPA Bruno Nascimento

AGRADECIMENTOS

Nesta primeira obra editorial, quero expressar toda minha satisfação e agradecimento pela realização deste sonho dado pelo dom de Deus, que apesar de ser um ato isolado de própria vontade, foi construído ao longo de anos de estudo e incentivo, os quais foram propiciados pelos meus pais, Valdir e Bernadete, que sempre me deram amorosamente a luz do conhecimento, do respeito e da educação.

Também o convívio com meu irmão, Marcelo, que, sempre na vanguarda, foi espelho para minhas atitudes e ponto inicial dos meus desejos.

Minha esposa, Fernanda, o meu "porto seguro" e "fortaleza" de minha vida. E meu filho, Vicente, o grande motivador de tudo, e aquele que me faz pensar sobre o quanto devemos ser modelo do correto e exemplo de vencedor.

APRESENTAÇÃO

Comecei a escrever este livro sem intenções quaisquer. Com o passar dos dias, a história tomou corpo e não tinha mais como parar sem que a finalizasse de alguma forma. As palavras sempre tiveram um ar de mistério, e muito do que se pensava não era comentado no livro, a fim de deixar o leitor em dúvida. Assim o faz a lendária escritora britânica Agatha Christie. É nessa esteira de pensamento que segui escrevendo este conto. Os personagens são mera imaginação, assim como os lugares e seus entornos. Tudo se desenvolve em uma rede de intrigas com uma solução lógica, porém não óbvia.

Escrever um livro faz parte do desejo de qualquer ser humano. Exprimir suas ideias e suas percepções do que é uma vida numa cidade do interior, em uma época remota, com pessoas das mais diversas personalidades, faz do escrever algo prazeroso.

Pensar, escrever, ler e reler fazem com que o autor crie em sua mente formas totalmente diferentes de como conduzir o livro. A história se desenvolve e toma rumo sozinha. Quando você percebe, está incluído no livro como terceira pessoa, um espectador, sendo que os atos e fatos fluem pela própria necessidade de cada personagem. As coisas tomam vida e seguem com rumo desconhecido.

Escrever um livro é um prazer. É uma situação inusitada. É brincar com os sonhos. É trazer vida a seres imaginários. Escrever é o que motiva a escrever mais e mais...

SUMÁRIO

A VIZINHANÇA 11

O FORASTEIRO 17

CONVERSA DE BAR 21

PRIMEIRA NOITE 24

SURPRESA 27

BRIGA CONJUGAL 28

NOITE AMARGA, FUNERAL 29

COINCIDÊNCIA 32

A LEI EM AÇÃO 33

UM NOVO ATO 36

SEGUNDO ATO 37

PADRE AURÉLIO 39

CONFISSÃO 42

TERCEIRO ATO 45

ALGUNS MESES ATRÁS 48

OUTRO CASO 51

OS DIAS DE PRISÃO 53

INVESTIGAÇÃO 55

CORTEJO 57

NOVAMENTE, A NOITE 59

BICHO FEIO 62

REUNIÃO 64

INCERTEZA 67

CAÇADA 71

CONTO NA FUNERÁRIA 75

A vizinhança

A cidadezinha acima da montanha que fora chamada pelos forasteiros de fantasma, hoje exibe um ar nostálgico e seu real nome: Mariluz. A vida neste lugar tem um quê de tranquilidade. O cheiro das plantas e da relva molhada inunda o olfato daqueles que ali moram. O vento friozinho e a brisa calma no alto do Morro do Cadeado fazem com que a beleza do lugar se torne ainda mais cativante. Entrando pelo portal da cidade, está a estátua da sua fundadora: Mariluz Correa Cadeado. Pequena e tristonha mulher em bronze, já corroída pelo tempo e molhada às gotas do orvalho da manhã. Uma estreita estradinha em paralelepípedo adentra a Vila da Luz, lugar de moradores antigos, e com casas de arquitetura rústica em madeira de lei. As casas permeiam a ruela, com janelas grandes e parapeitos vultuosos, onde os habitantes mais velhos costumam trocar lorotas ao passar do dia. Com cores fúnebres, de cinza em tons escuros, apresentam estar entregues ao tempo. Tempo esse que parece estar parado há duzentos anos, desde sua origem, aos idos de 1708.

Seguindo mais a frente, temos a igrejinha de Santo Antônio. Com uma torre central, sustenta uma grande cruz de ouro acima de tudo que se ergue na região. Do alto toca um grande sino, desproporcional ao tamanho da igreja, também em ouro, que ecoa seu som para todo o vale. É o lugar mais procurado desta localidade; talvez pelo número de pecadores que precisam do perdão do padre Aurélio Batista. De meia-idade, é baixo, robusto, de barriga saliente, e calvo como um capuchinho. De olhar sereno e voz calma e vívida, é o homem capaz de salvar as almas perdidas. Criado em um seminário, órfão, cresceu entremeado por padres. Nunca teve uma vida mundana. Muito estudioso, chegou a lecionar teologia para os jovens seminaristas. Também gosta muito de Alquimia. Medicamentos homeopáticos são sua preferência. Diz ele para dar conforto aos pacientes terminais que visita no hospital. Este sim trabalha, e muito!!!

Logo à frente da igrejinha está a famosa Prefeitura Municipal de Mariluz. Uma casa também com requintes do século passado que abriga o prefeito Romero Cadeado, bisneto de filho bastardo da fundadora. Também apelidado de ladrão, parece não estar muito interessado em resolver os problemas urbanos, mas sim os seus próprios. Mora na melhor casa, um pouco retirada do centro, mas num lindo lugar entre árvores frondosas e pinheirais. Perto do rio, vive cercado por muros altos. Tem um barco, o qual usa com os amigos para pescar nos finais de semana. Moram ele e a empregada Jezebel, missionária da igreja de Santo Antônio. Romero teve um filho. Separou-se da esposa, Rúbia, por suposta traição. Ela vivia fazendo suas "artes" por ali. Romero era um ser áspero, grosseiro, de cabelos brancos, beirando os sessenta anos. Alto, gordo e pletórico, nunca resistiu à provocação, e adora entrar numa discussão.

Ao lado da Prefeitura, está a mercearia e bar Bambolê, que tenta animar a cidade com uma vitrola à beira da rua, que emana sons de músicas populares, chamando o pessoal para uma rodada de "rabo de galo", bebida preferida deste lugar. Os homens dali são largados, barbudos, de higiene indolente, cheirando a álcool. Volte e meia sai dali um deles direto para a Funerária Domorto. Na verdade, Domorto Farias, o dono da funerária. Doutor Domorto pode-se dizer. É também o médico da cidade. Trabalha no Hospital há mais de 30 anos. É cirurgião, ginecologista, obstetra, clínico geral, de tudo um pouco, pois é o único do local, que não compreende muito mais do que dois mil viventes. Dr. Domorto é filho de médicos da capital do estado. Veio para Mariluz à procura de tranquilidade, coisa que não mais tinha na cidade grande. Foi professor de anatomia na faculdade de Medicina. É mestre na arte de dissecção de cadáveres e sempre se orgulhou disso. Diz sempre que adora seu trabalho, e que seu desejo é descobrir a "fórmula da juventude", ou morrer cedo para ser lembrado jovem para toda eternidade, brinca. É um sonhador. Suas feições são limpas. Magro, de média estatura, barba sempre bem-feita e com vestimentas sóbrias. Trajes bem passados que nunca se repetem. Camisa, colete, paletó e calça de linho, geralmente em cores azul e preta, é portador de um charme insuperável. Que o digam as mulheres da região, que adoram trocar ideias com o doutor. É o bom partido do lugarejo.

Um pouco mais adiante está a Escola Municipal Mariluz Correa Cadeado. Ali, formam-se os filhos da terra. Tem ensino primário de boa qualidade. Tudo por conta da professora Corbélia. Corbélia é filha de camponeses. Natural de Mariluz, sempre fez parte da história da cidade. Mulher exigente, tem no peito o orgulho de ser conhecida como a mais pura em corpo e espírito. Vive confessando com o padre Aurélio, por mais que não precise. É uma mulher esbelta, muito atraente, sempre bem-vestida, porém muitas vezes em roupas que atiçam a mente dos homens. Épocas de verão intenso chega a usar saias acima dos tornozelos e um decote insinuante, os quais encara com extrema naturalidade, já que, segundo ela, Deus foi generoso com o tamanho de seu busto. Apesar da suposta ingenuidade, acreditam as más línguas que ela é uma puritana de fachada e que adora aproveitar os prazeres da vida custe o que custar. Dizem que foi essa a premissa para Rúbia trair o prefeito e esposo. Parece que a professora teve um caso com ele antes da separação do casal.

Na praça de Mariluz existe uma figueira enorme. Ninguém sabe como a opulenta árvore foi nascer ali, já que não é própria da região. Possivelmente foi trazida por algum migrante ou tropeiro. Hoje ela é um ponto de referência para toda população. Casais de namoradinhos sempre estão embaixo dela, aproveitando de sua sombra refrescante. Ali na praça há um coreto onde toca a bandinha Toque Baixo. Os velhos contam que a famosa Toque Baixo tem esse nome porque, de tão ruim que é, sempre pediram para baixar o som a fim de não incomodar os transeuntes. O maestro, o Sr. Décio Pinto, apesar de não concordar, aceita a provocação, e adora fazer shows inéditos na pracinha. Na mesma praça ocorre todos os sábados uma feira de armas onde são vendidas facas, espingardas, pistolas e até espadas samurais, da época em que a região abrigava a mina de ouro, local que era muito procurado por exploradores diversos, e que hoje está abandonada. Por falar nisso, a mina fica num local próximo à casa do prefeito Romero, e, pelo que comentam, está assombrada pelo velho Cadeado. Esse falecido era o esposo de Dona Mariluz. Quando ela veio com os filhos para a montanha, seu marido tinha falecido de doença misteriosa, provavelmente tuberculose. Eles eram muito ligados sentimentalmente. Assim parece que o velho João Cadeado não quis deixar de sua mulher e veio em alma morar com ela. Os mais idosos dizem que ele continua assombrando os turistas desavisados que frequentam a cidade.

Perto dali, em meio à mata, está um galpão de madeira, com frestas largas e muito feno, que, há muito tempo, era pousada para os mineradores. Hoje abriga o popular mendigo Bafafá. Esse ser estranho ninguém sabe de onde veio. Com vasta cabeleira ruiva e uma barba tendendo ao loiro, tem dentes finos como os de uma piranha. Os olhos azuis da cor do céu dão um certo ar de ariano. Magro, porém com musculatura firme e ossos bem aparentes, usa roupas provavelmente roubadas dos brechós. Um casacão verde-escuro em camurça dá-lhe o calor suficiente para superar os invernos rigorosos; se bem que o utiliza mesmo nos dias mais quentes, época em que fica suado e fedorento. As orelhas pontudas e unhas grandes causam espanto àqueles que não o conhecem. Comentários dos velhos (assim chamados os habitantes fofoqueiros da Vila da Luz), classificam-no como um verdadeiro Lobisomem. Nas noites de lua cheia, nunca foi encontrado em seu galpão. Tem até um cachorro enorme que o acompanha em suas andanças. Talvez um "dog alemão", ou até sem raça definida, costuma levar medo por onde passa, justificado pelo seu tamanho e pelo seu canino pontudo que adora mostrar por onde passa. Não é cão de bons amigos. Somente o cajado que Bafafá usa é capaz de amansar a fera que baba litros de saliva. Bafafá é bom amigo de Aurélio, e presta serviços à comunidade em troca de um pão e um bocado do vinho do padre. No restante do dia costuma esquentar as escadarias da velha igreja, onde solicita, de forma compulsiva, esmolas dos fiéis. Aqueles que não o atendem são xingados e jurados de morte pelo mendigo. Até hoje parece que ninguém sofreu das pragas jogadas por Bafafá. O bar Bambolê é recinto bastante frequentado por este personagem, que, ao final do dia, bebe alguns litros de pinga antes de dirigir-se à sua casa.

Ao final de uma via sem saída, está o grandioso Hotel Campestre. Este hotel era a casa dos senhores mais ricos que passavam pela cidade no final do ciclo de ouro. Uma edificação luxuosa, em estilo gótico. No hall de pé direito alto, um mezanino onde os hóspedes conversam nas tardes frias. Raios de sol adentram o recinto, aquecendo as poltronas de couro e também o tapete indiano de desenhos coloridos que deixam todos inebriados de tanta beleza. Contam que este tapete é mágico. Os que muito o observam têm a nítida sensação de voar sobre ele. Assim como já ocorreu de haver mudanças repentinas de humor, chegando à agressividade. Rúbia, a ex-esposa do prefeito, que o diga. Uma vez, num encontro entre Romero e seus vereadores, após umas doses de whisky, ficou tão nervosa que chegou a puxar a faca para o marido e ameaçá-lo de forma vigorosa. O evento durou uns 10 minutos e ela foi contida pelos convidados. Após isso, voltou ao normal como se nada tivesse acontecido. Estranho, porém não foi a única a experimentar tal sensação. Abaixo do mezanino, um balcão extenso em imbuia maciça exibindo ao centro dele o brasão do hotel, todo feito em ouro amarelo. Atrás deste, cinco relógios à corda demonstram quão nostálgico é este local. Cada um deles indica um fuso horário diferente. O único inconveniente para os hóspedes é o forte badalar que se dá à meia-noite num relógio Londrino, um carrilhão colocado no outro lado do hall de entrada. Inconveniente, porém interessante aos olhos do recepcionista, o coronel Otávio. Reformado do exército, vivia sob os olhos atentos do povo de Mariluz, já que era proprietário de um arsenal. Quieto, atendia os clientes do hotel. Dono e administrador de uma fortuna que recebeu de herança, o hotel era uma de suas aquisições imobiliárias. Não muito longe do Hotel Campestre estava a delegacia sob os cuidados do carcereiro Deodato Antunes. Filho de imigrantes africanos, aos quarenta anos de idade, tinha a pele mais negra que papel carbono. Seu sorriso era visto de longe. Muito simpático, era reconhecido por fazer o bem e também por ser extremamente justo. Fez em uma época curso de administrador e tem muitas amizades com os políticos locais, fato pelo qual foi designado delegado. É solteiro e discreto. Dizem que adora uma farra no famoso prostíbulo de madame Rita Caçapa.

Rita Caçapa foi uma mulher de muita fibra, guerreira, lutou contra os preconceitos e criou a primeira e única casa de prostituição da cidade. Chamada de Casa Vermelha, era bem visível para quem adentrava ao município. Placas anunciam inadvertidamente as promoções e a localização do requisitado empreendimento. A casa é grande, com dois andares, e tem cerca de vinte cômodos, todos pintados em um vermelho bem vivo, como sangue. Rita faz as vezes de cafetina. É ótima anfitriã. Trata os homens que chegam com muita delicadeza. Com palavras bem polidas, procura oferecer as garotas que ali trabalham. Os homens são escolhidos a dedo. Rita tem um faro ótimo para dinheiro, e sabe muito bem oferecer as melhores mulheres àqueles mais abastados. Todo cliente que chega recebe uma taça do melhor espumante por cortesia da casa. Cortesia que vai apenas até o segundo drinque. Paparicado por várias mulheres, escolherá apenas uma para a noite de sedução. Todos adoram o tratamento de Madame Caçapa até saber que este lhe custou os "fundos das calças".

A cidade de Mariluz é realmente cativante, lugarzinho calmo para quem chega, sarcástico para quem fica, e pavoroso para quem sai...

O forasteiro

É um dia calmo do inverno. O dia nasce sobre a montanha, irradiando a luz de um sol ainda preguiçoso. São cinco horas da manhã e a cidade ainda dorme. Uma brisa fraca arrebata as paredes das casas, fazendo ranger as madeiras ainda molhadas do orvalho. As luzes dos lampiões ainda estão acesas, e uma, névoa segue sobre a rua principal. O cheiro é típico da mata, e uma garoa cai sobre os paralelepípedos.

É neste clima que, ao longe, ouve-se um trote. O som dos cascos de um cavalo aos poucos chega cada vez mais perto. Como castanholas, o ruído inunda o vale, trazendo consigo movimento. Percebe-se aos poucos o despertar dos "velhos" em suas casas. Olhos famintos de curiosidade pelas frestas das venezianas de madeira.

Aos poucos, aproxima-se um homem sozinho em sua montaria. Um cavalo preto de pelo reluzente, denotando uma musculatura firme, bem torneada. A crina e o rabo compridos e esvoaçantes. Com jeito de marchador, traz em si uma sela em couro legítimo, de cor marrom-clara, e com as escritas queimadas: "Minha alma a Deus, outras ao Inferno". Montado, um homem longilíneo, forte, branco, com um bigode negro de pontas finas, bem aparado. Sobrancelhas fartas. Olhos castanhos e pequenos como os de um porco. Fácies preocupada. Rugas de expressão e uma cicatriz de corte na fronte à direita. Boca larga e dentes malcuidados. Usa um chapéu de abas largas. Todo vestido em preto com tons de marrom-escuro, numa casaca de couro de vaca. Luvas e botas de cano alto com esporas de um brilhante intenso. Um facão com um rubi brilhante na empunhadura e uma garrucha na cartucheira.

Fadigado por longa viagem, vem arqueado sobre o cavalo. Olha desesperadamente à procura de um lugar para ficar. Um hotel, uma pousada, uma estrebaria, qualquer coisa. Não é de fazer frescuras. Parece ser um homem rude, áspero em sua personalidade. Talvez judiado pela vida.

Passando pela Vila da Luz, observa o abrir da porta rangida de uma das casas e vê um dos velhos sair. Então grita:

— Ei, amigo!!! Pode me ajudar?

Com pavor no rosto, responde:

— Tô cum pressa. Tô cum pressa. A morte me procura. Venha, venha, venha.

Eis que o segue pela rua ao meio das casinhas da vila.

— Pode me dizer onde encontro um lugar para passar uns dias? — interpela o forasteiro.

— Venha, venha, senão os bicho te pegam. — Corria o velho mancando.

— Mas, amigo, apenas quero saber onde posso repousar.

— Ah sim, vai em frente, Hotér Campestre, fala cô coronel.

Assim seguiu em frente enquanto o velho corria para o meio da praça, onde logo sumiu ao longo de outra ruela gritando:

— Cuidado, as vida vem e as vida vão, a sua vida também vive, e quem vive vai murrê!!!

Sem dar muita atenção, o viajante considerou-o louco, e voltou a procurar o Hotel Campestre. Ao passar em frente à prefeitura, olhou ao lado e ao final de outra rua estava o luxuoso hotel.

Apeou o seu cavalo num ranchinho e dirigiu-se à majestosa porta de madeira e vidro jateado com as iniciais H e C entrelaçadas. Tentou empurrá-las sem sucesso, pareciam trancadas à chave. Então assobiou sem sucesso. Bateu palmas. Depois bateu com força à porta, e ninguém apareceu. Sentou-se à beira de uma calçadinha, no meio fio úmido e sujo, deitou-se e dormiu.

O sol já estava alto e o migrante acordou com o forte brilho no seu rosto. Olhou ao lado, ali estava seu cavalo sedento. Olhou para o outro lado e viu a porta do hotel aberta. Adentrou o recinto. Com as botas ainda sujas da viagem, deixou suas pegadas marcadas naquele imenso e fofo carpete vermelho com entremeados de bege claro. Vazio, percebeu uma série de sons ao fundo, como se alguém estivesse batendo em algo com violência. Cada batida era seguida de um gemido. Então, em voz alta, chamou:

— Alguém aí?

Havia um silêncio descomunal, afora as mesmas batidas que continuavam num ritmo pausado mas intenso. Observou ao lado uma campainha sobre o balcão e começou a tocá-la. Um carrilhão marcava a hora local noutro canto do salão. Já eram onze e meia. Os relógios atrás do balcão estavam parados.

Após cerca de dez minutos, o barulho parou. Então veio ao longe um senhor vestido com uma roupa militar de gala, sem a boina, e o nome estampado no peito: Cel. Otávio.

— Bom dia — cumprimentou o atendente limpando as mãos com um pano.

— Bom dia. Gostaria de um quarto para ficar uns dias. Estou cansado e meu cavalo sem água. Se for possível, um quarto com varanda e de fundos para a rua — respondeu.

— Com certeza, temos poucos hóspedes hoje. Quarto 1313. Pode ser?

— Claro, o que for melhor — agradeceu.

— Qual seu nome, vaqueiro? — perguntou o coronel.

— Pode colocar Corvo, ou melhor, Adamastor Corvo. — Pegou a chave e deu as costas ao coronel Otávio, começou a subir as escadas em direção ao quarto quando resolveu perguntar:

— A propósito, que barulho era aquele que ouvia antes? Umas batidas?

O coronel baixou a cabeça, pensou por um segundo, e com a boca "amarrada" respondeu gaguejando:

— Estava apenas cortando lenha para aquecer as caldeiras.

— Estranho, pensei que estivesse batendo em algo, ou, digamos, em alguém — provocou.

O militar reformado levantou a cabeça e, com um olhar de raiva, fulminou o forasteiro:

— Ainda quer ficar com o quarto??? — Então, siga as escadas, número 1313.

Adamastor segurou firme a chave e, com um olhar irônico, voltou-se para a escadaria. Subiu 26 degraus até o mezanino. Olhou ao lado um homem branco, de terno claro, sentado numa das mesas do barzinho, tomando uma dose de whisky. Sentiu-se observado pelo mesmo, mas não deu atenção. Seguiu em frente por um corredor estreito e comprido. O quarto 1313 era o último. Estava com a porta entreaberta. Adentrou o quarto e logo de cara viu que a cama estava desarrumada. A janela aberta e as cortinas esvoaçantes. Fechou-a. Trancou a porta e foi ao banheiro. Havia uma banheira grande onde ainda escorria um fio d'água pela torneira. Visualizou então alguns pingos vermelhos, secos, sobre a borda da banheira. Era sangue. Procurou em todo o cômodo algo que pudesse justificar aquilo, mas não encontrou. Pesaroso, sentou na cama, tirou as botas e a cartucheira com a sua garrucha. Deixou sobre o bidê e voltou a dormir.

Conversa de bar

No mezanino do Hotel Campestre estava o prefeito Romero com seu whisky, ainda de copo cheio, quando se aproximou o dono, coronel Otávio.

— Viu esse homem que chegou aí? — perguntou Otávio.

— Vi sim, e não gostei — respondeu Romero.

— Tem cara de mau. Parece um pistoleiro. Veio trazer confusão, prefeito.

— O que mais quero aqui é paz. Se esse aí veio pra cá fazer arruaça, está perdido.

— O prefeito acha que foi contratado de alguém?

— Não sei ainda, mas a cara de um pistoleiro não me engana nunca. Tem muita gente que não se gosta por aqui. Motivos pra mandar matar têm aos montes — retrucou.

Nesse tom conversaram por volta de uma hora.

— E como chama esse distinto ser, coronel?

— Diz ele ser Corvo, Adamastor Corvo;

— Corvo??? Interessante, coronel. Acho que não devemos nos preocupar então, pois corvos não matam ninguém, apenas brigam pela carniça fresca. — Gargalhou. Otávio desceu novamente e foi para cozinha para fazer o café da tarde enquanto Romero retornou à prefeitura acabar um serviço.

Ao passar em frente ao bar Bambolê, foi chamado pelo mesmo velho louco que gritava pela manhã nas ruas da cidade.

— Ôh dotô Romero, quanta satisfação! O senhor por aqui?

— Que foi, velho? Não quero gente me amolando — disse o prefeito.

— Vossa excelência não viu o forasteiro que chegou hoje di manhã em Mariluz?

— Vi sim, e daí?

— Fui eu quem recebi ele na vila, ele me disse que veio a mando do "coisa ruim" pra dizimar nós todos, começando pelo senhor — falou o velho, embriagado de pinga.

Romero parou, suspirou, balançou a cabeça num gesto negativo e voltou andar em direção à prefeitura, certo de que não seria alvo de um desconhecido.

O atual prefeito desviou muito dinheiro do município, mas nunca fez mal a ninguém e sempre foi bem votado nas eleições. Tinha boa lábia com o povo. Seu maior problema era Rúbia, sua ex-esposa, com a qual tinha discussões homéricas. Esta sim poderia tramar algo contra ele. Rúbia separou-se de Romero pois achava que fora traída. Tinha certeza de que Romero teve um caso com Corbélia. Caso esse que Romero nega de pés juntos e acusa Rúbia de tê-lo traído com o maestro Décio Pinto. A separação foi conturbada e Rúbia ficou insatisfeita com a divisão dos bens do casal. Romero ficou com toda fortuna do casal, já que acreditava estar correto em sua postura, afinal, para ele, Rúbia cometeu adultério.

Chegando ao gabinete, deparou-se com Rúbia. Ela estava enfurecida.

— Agora chega, Romero!!! Quero o meu dinheiro. Minha parte no divórcio.

— Você não tem esse direito, Rúbia. Nunca vou lhe dar nada. Você não merece nem minha mão. Impura! Safada! — xingou o prefeito.

— Que provas têm contra mim, hein? Só porque você acha que o traí? Bastou pagar bem o juiz para conseguir manter teus bens, né? Estou sem dinheiro, estou à beira da miséria, sem nem um pão para comer. Você me deve ao menos uma pensão.

Chorava compulsivamente Rúbia; Romero voltou a tripudiar sobre a ex-esposa. Mandou-a sair da sala com certa violência, no que ela reivindicou:

— Escuta, Romero, isso não vai ficar assim, custe o que custar! — disse, batendo a porta.

O prefeito sentou-se na cadeira. As gotas de suor caíam por seu rosto vermelho. Vermelho de ódio. Os olhos esbugalhados de medo da mulher. Resmungava, batendo a caneta sobre a mesa de vidro.

Primeira noite

Quando acordou, lá pelas 20 horas, já era noite. Adamastor pôs-se em pé, tirou a roupa ainda suja e foi tomar um banho. Quando entrou na banheira, um ar noturno refrescante entrava pela pequena janela do banheiro. Deitou-se ali e ligou a torneira. A água quentinha escorria pela parede da banheira, inundando os seus pés calejados. Aos pouquinhos a água foi subindo, trazendo um relaxamento intenso.

Pois bem, logo em seguida veio à mente que aquelas gotas de sangue na banheira não estavam mais ali. Foram limpas. Mas como? Pensou. Não lembra de ninguém ter entrado no quarto. Nem ao menos camareira existia no hotel!

Tomou seu banho, enxugou-se, vestiu uma roupa larga como bombachas e uma camisa. Alpargatas. Perfumou-se. Um pente no cabelo. Afivelou a cartucheira, faca presa ao cinto nas costas, e saiu do quarto.

Ao chegar no mezanino, lá estava um senhor bem trajado, *smoking* e cartola. Bebia conhaque. Era o conhecido médico da cidade. Dr. Domorto.

— Boa noite — cumprimentou Adamastor.

— Boa noite, Sr. Corvo, respondeu.

Ressabiado, puxou uma cadeira e sentou ao lado do doutor.

— Desculpe lhe perguntar, mas como sabe meu nome?

— Parece que todos já sabem na cidade. O senhor veio fazer um servicinho sujo por aqui, não é? — provocou Domorto.

— Servicinho sujo???

— Sim, é o que todos comentam. O senhor é pistoleiro, não é? Provavelmente, o contrataram para apagar alguém do mapa. Sou médico, agente funerário também. Aqui acontece muito disso. Já conheci vários pistoleiros aqui nessa mesa de bar. Não se preocupe, amigo. Posso ser seu cúmplice, desde que mande o cadáver pra minha funerária!!! — brincou Domorto.

— Acho que está enganado, doutor.

Adamastor ficou abismado com a conotação em que fora incluído. E quanto mais a conversa fluía, mais intrigado ficava com o fato das gotas de sangue no seu banheiro. Perguntou:

— O senhor sabe me dizer se faleceu alguém neste hotel por esses dias?

— Por quê, caro amigo? — retrucou.

— Havia gotas de sangue no meu banheiro e a minha cama estava bem desarrumada quando cheguei, como se tivessem brigado sobre ela. Até mesmo rasgos existiam. Além do que, a porta estava entreaberta, assim como a janela.

— Desculpe — interrompeu o doutor — cadáveres chegam todos os dias. Acho que você está exagerando. Uma pessoa pode muito bem ter passado mal com uma epistaxe, por exemplo. Nada de mais. Não invente coisas. Sua vida por aqui já não será fácil.

— Talvez esteja certo. Mas como assim: não será fácil?!!!

— Perdão, mas meu tempo acabou. Um abraço, Sr. Corvo. Até mais ver.

Domorto despediu-se de Adamastor com um leve cumprimento de mão, com desdém. Virou-se, desceu as escadas e gritou para o coronel que estava no balcão:

— Põe tudo na conta, Otávio, e cuidado com essa boca aberta! Boa noite.

Nisso, Adamastor desceu para o *hall*:

— Coronel?!

Otávio baixou a cabeça como se não tivesse ouvido, e saiu por uma porta aos fundos.

— Coronel? — gritou novamente.

— Desculpe amigo, agora não posso lhe atender. Mais tarde talvez — retrucou.

Adamastor então resolveu sair do hotel e conhecer melhor a cidade.

Logo que virou a esquina, lá estava o bar Bambolê. A música rolava solta e alta aos sons das violas. Várias modinhas animavam o pessoal. Havia muitos dos "velhos" por lá, inclusive aquele que Corvo tinha conhecido logo ao chegar na Vila da Luz.

— Ei, velho!!! — chamou Adamastor. — Ei, velho!!! — gritou novamente.

— Ti conheço, sinhô bigodudo? — respondeu.

— Sim, conversamos ontem cedinho. Você estava na rua quando cheguei em Mariluz. Lembra?

— Não lembro não sinhô — disse o velho.

— O senhor falou em morte, em bichos, estava com pressa. Por quê?

— Falei, é? Acho que falei sim. Os homi daqui é muito safado. Quem chega pra matá gente daqui sai morto também. Eles num gosta de forastero não. Ainda mais com o "berro" na cinta. Todo mundo sabe o que voismecê veio matá o prefeito, a mando da Dona Rúbia. Disseram por aí!

— E vocês acham isso desde que cheguei aqui, né? Sem ao menos me conhecer?

— Ahhhh não sinhô. Isso falaram hoje pra nóis — disse o "velho".

— É? E quem falou? — inquiriu Adamastor.

— Ah, se quem mi disse soubé qui o sinhô ficô sabendo, eu vô murrê antes que voismecê. Num posso falá memo. Deixa eu tumá minha pinga. Abraçu!!!

Assim, bateu às costas do velho e saiu do recinto. Já na rua, Adamastor observou que na outra esquina alguém o observava, no escuro.

— Ei, você!!! — O berro de Adamastor ecoou pela ruela. Foi assim que o vulto correu rapidamente para o outro lado da rua e sumiu por entre as casas em direção ao mato.

Surpresa

Ao chegar no hotel, Adamastor sentiu um arrepio nas costas. O silêncio inundava o *hall* de entrada. Subiu as escadas e encontrou novamente a porta do seu quarto entreaberta. A passos curtos e lentos, discretamente olhou pela fresta da porta e viu um homem todo encapotado remexendo as gavetas da cômoda. Corvo recuou. Empunhou a garrucha. Engatilhou e, de forma brusca e rápida, deu voz ao intruso:

— Parado!!!

Descarregou dois tiros em direção ao homem e correu em direção à janela. Porém, ele fugiu desesperadamente pelo telhado do hotel até descer na ruela e correr freneticamente em direção ao mato, sumindo do olhar de Corvo.

Logo o Cel. Otávio apareceu na entrada do quarto 1313. Armado até os dentes, perguntou:

— Quer matar alguém agora? Tente me matar, pistoleiro!

Adamastor olhou brevemente para trás e retornou à janela procurando por seu desafeto.

— Vamos resolver isso logo, Forasteiro!!! — disse Otávio.

— Não — respondeu Adamastor.

Otávio ficou sem reação e voltou-se para o corredor, descendo as escadas em direção ao *hall* do hotel.

Briga conjugal

No mesmo dia na casa do prefeito. Rúbia e Romero trocam farpas novamente:

— Então, Rúbia, contratou alguém pra me dar fim e levar o dinheiro?

— Sabe que isso não é do meu feitio!!!

— E o tal pistoleiro que está pela cidade, hein? Não minta pra mim, Rúbia!!!

— Pelo que falaram, ele veio dar cabo de mim, não é? Imagino que seja muito bom pra você ficar sem o incômodo que lhe causo — respondeu Rúbia.

— Até parece, sou um homem público, não preciso disso para tirá-la do meu caminho. Se precisasse faria eu mesmo.

— Conheço você, Romero. Você é do tipo de homem que não leva desaforo pra casa. Deve ser um dos seus capangas!

Logo em seguida, Rúbia saiu enfurecida do recinto e andou uns duzentos metros mata afora. A lua brilhava por entre as nuvens. Raiava a luz por entre as árvores do local.

Ouvia-se apenas o som dos sapatos de Rúbia raspando o chão batido. Avistou, ao fundo, algo estranho. Um vulto, um som como de um rastejar. Parecia um cachorro, mas estava muito grande para tal. Rúbia gritou ao longe: — Alguém aí???

Nada. Só o vento batendo nos galhos das árvores. Correu. Gritos, urros, briga!!! Sangue... e lá estava Rúbia ao solo, branca como cera, com cortes no pescoço, no busto, no tronco. Marcas de arranhões. Roupa esfarrapada. Cheia de terra na boca e um pano com éter jogado ao lado.

Noite amarga, funeral

Naquela mesma noite, mais tarde, Romero saiu à ruela. Distante, em meio às moitas, um corpo. Era o do Rúbia.

— Céus!!! Não acredito. Amor? Responde amor! Não me deixe, Deus do céu.

Romero pegou-a no colo. O sangue já estava meio seco. Manchou toda roupa de Romero. Levou-a para sua casa. Botou-a no sofá. Jogou suas roupas no lixo e foi tomar banho.

Depois de uma hora, mandou Jezebel chamar o Dr. Domorto.

Mais uma hora depois, chegou o doutor na sua carroça funerária, junto com Jezebel. Encostou os cavalos à porta da casa do prefeito e o chamou.

— Romero, Romero, onde está?

— Doutor, não acredito, Rúbia está morta!!! — gritava compulsivamente, aos prantos.

— Calma, Romero. Onde está o corpo? — indagou Domorto.

— No sofá, ali, doutor.

Adentrou o recinto. Rúbia estava com os olhos de terror, abertos, esbugalhados. Um corte profundo no pescoço. Palpou-lhe o pulso. Nada. Munido do estetoscópio, o doutor auscultou em vão o silêncio de seu peito. Morta, morta e morta...

— Vamos fazer o seguinte, Sr. Romero: levo-a à funerária e amanhã cedo estará pronta para o velório.

— Certo, Dr. Domorto, vou deixar o senhor cuidar de tudo. Espero mesmo que ela possa ir com Deus. Paz para os que vão, perdão para os que ficam! Grato.

— Certo, prefeito. Boa noite.

Levou-a à funerária. Sozinho, retirou-a da carroça e colocou-a num porão, sobre a mesa de dissecção. Ali faria a necrópsia de Rúbia.

Assim ficou. Lampião acesso até alta madrugada. Apagou., névoa e escuridão.

Cedo da manhã seguinte, lá estavam o prefeito e Jezebel prontos para o velório. Abriu a porta da funerária. Dr. Domorto, sonolento, com olheiras intensas da noite maldormida, saiu do *hall* da casa de posse do atestado de óbito de Rúbia. Entregou para Romero e disse:

— Pêsames, Romero. Espero que ao menos esta folha lhe traga algum conforto.

Sem responder, o prefeito deu-lhe um abraço apertado e virou-lhe as costas enquanto observava o amanhecer. Jezebel entrou junto com Domorto e trouxe o caixão aberto de Rúbia. Flores por volta de seu corpo. Um dizer: "Aqui faz, aqui jaz".

— Doutor, o que aconteceu com aquele corte tão grande que havia no pescoço de Rúbia? Nem aparece mais! O senhor costurou ele? — perguntou Jezebel.

— Não recordo de cortes, Jezebel. Apenas uns arranhões, algumas escoriações. Na verdade ela teve um ataque cardíaco. Tinham brigado ela e Romero. Parece que se assustou com algo na mata e caiu morta.

Trocaram olhares e, com as mãos de mais dois ajudantes, colocaram o caixão sobre a carroça novamente e conduziram-no à capela mortuária ao lado do cemitério.

Do alto da montanha, Padre Aurélio rezava enquanto ouvia-se ao fundo os sons dos sinos da igreja. Dezenas de pessoas faziam filas para ver o corpo de Rúbia. Fora a primeira-dama. As pessoas indagavam o porquê de sua morte. Davam explicações infundadas.

De longe, Adamastor Corvo ouvia as preces. Com a mão na garrucha, o olhar fixo no caixão e respiração ofegante. Suava. Por mais que estivesse pouco tempo na cidade, parecia ter uma intimidade inexplicável com a situação.

Rita Caçapa, de preto, chapéu e lenço na mão, observava tudo ao redor, motivo pelo qual trocou olhares com Adamastor. De um jeito desconfiado e distante, Corvo sumiu por entre um beco do cemitério.

Do outro lado estava Romero, o qual também fora fulminado pelo olhar de Rita. Com um ar pedante, Romero, sério, boca cerrada, não levantava o chapéu de abas largas que o escondia. Rita não acreditava que sua amiga, a ex-prostituta e primeira-dama da cidade de Mariluz, estava morta.

A vida de Rita e Rúbia fora muito intensa. Quando Rita iniciou suas atividades como cafetã, Rúbia foi uma das suas primeiras garotas. Era menina do meio do mato, e aprendeu tudo o que sabia com Rita Caçapa. Desde os mais delicados requintes e etiquetas da época até as selvagerias do sexo sem dor e sem amor. Rúbia era órfã. Fugiu de um orfanato aos 15 anos. Rúbia foi como uma filha para Rita. Cresceu ouvindo as histórias da Casa Vermelha. Inclusive várias que incluíam muitas personalidades da cidade, até mesmo sobre Romero.

Na época em que ainda era vereador, Romero frequentava muito a Casa Vermelha. Era fã das orgias e principalmente de Rúbia. Foi numa dessas andanças que Romero se obrigou a levar Rúbia para sua casa. Ela estava grávida de quatro meses e sua barriga começava a crescer. Assim, para abafar os comentários na cidade, resolveu casar com Rúbia.

Foi uma época bastante conturbada. A gestação foi muito difícil e Romero continuava frequentando a Casa Vermelha. Rúbia começou a não aceitar mais as vulgaridades de Romero e sua falta de atenção. Ele não dava bola para a gravidez. Foi então que Dr. Domorto fez o parto de Rúbia. A criança nasceu prematura aos sete meses de gestação. Durou apenas um dia, falecendo aos olhos nus de sua mãe. Essa foi uma situação que Rúbia teve que passar sozinha, já que Romero vivia a noite intensamente. Rúbia criou desde então uma aversão enorme pelo prefeito. Quando o via, era puro ódio. Recriminava-o pela morte do filho.

Coincidência

Enquanto o padre Aurélio iniciava sua reza pela falecida, surgiu ao longe, novamente, a carroça funerária do Dr. Domorto. Todos ficaram boquiabertos e olhando fixamente para a base da montanha, enquanto a carroça subia lentamente e ficava cada vez mais próxima. Os cavalos esbaforidos param à frente de Pe. Aurélio.

— Alguém me ajude a tirar essa alma infeliz daqui!!! — falou Domorto ao público.

No que quatro ou cinco pessoas seguiram para trás da carroça e puxaram o caixão. Colocaram-no lado a lado com o de Rúbia. Logo, Pe. Aurélio seguiu em direção ao "novo" caixão, agachou-se e o abriu.

— Pelo amor de Deus Pai Todo Poderoso!!! Não acredito. Não pode ser...

— Pois é, padre, é ela mesmo — falou Domorto.

Ali estava a professora Corbélia, desafeta de Rúbia. Branca como neve, com sinais de estrangulamento e ainda uma marca de sangue no vestido branco, bem acima do mamilo esquerdo.

— Deus Pai!!! Quem fez isto, doutor? — inqueriu o padre.

— Realmente, não sei. Mas com certeza foi assassinada.

O povo pasmo não sabia nem para quem olhar. Confabulavam baixinho nos ouvidos uns dos outros. Incrédulo, Padre Aurélio começou novamente a rezar, agora ao lado de dois caixões. As lágrimas vertiam enquanto o vento batia em sua face.

Após cerca de uma hora, procedeu-se finalmente ao enterro em covas lado a lado. Começa a chover. O povo todo desce a encosta rezando:

— Segura na mão de Deus, e vaiiiiiiiiii...

Desce a névoa sobre o cume. As pessoas se esquivam e adentram seus recintos. Todos se recolhem. Um ar de mistério cobre a cidade.

A lei em ação

No dia seguinte, Deodato começou a investigar as mortes de Rúbia e Corbélia. Todos sabiam que as duas não se davam bem, afinal uma era acusada pela outra de adultério com Romero. "Rúbia matou Corbélia? Quem matou Rúbia? Corbélia matou Rúbia e foi morta? Alguém matou as duas?", pensou Deodato.

Acordou cedo e saiu pela rua principal em direção ao Hotel Campestre. A porta do prédio ainda estava fechada. Bateu com firmeza.

— Calma, calma!!! — gritou o coronel ao longe.

Ainda com roupas íntimas, apenas de roupão, abriu a grande e velha porta do hotel.

— Deodato! O que lhe traz aqui, delegado?

— Bom dia, primeiramente, caro Otávio. Onde está aquele forasteiro?

O delegado adentrou o saguão com rapidez. Olhou para a escadaria e cogitou subir. Atrás dele veio o coronel, intrigado com o fato:

— Por que tanta pressa, amigo? — interrogou.

— Você sabe, coronel. Ontem duas mortes. Sabe o senhor que duas mulheres de bem foram assassinadas, e com certeza seu cliente está por trás disso. Os fatos, o tempo, tudo me diz que esse Corvo é a pessoa responsável por tudo isso.

— Mas conversei com o Dr. Domorto. Ele me disse que Rúbia não foi assassinada.

— Temos que pensar em tudo, caro coronel. Afinal não é todo dia que uma mulher jovem morre de susto por aí!!!

Subiu as escadas. Viu ao fundo do corredor uma porta entreaberta. Quarto 1313.

— É ali que está o homem? — interpelou Deodato.

— Sim, delegado.

Aproximou-se da porta. Olhou por entre a fresta. Não observou ninguém no recinto. Adentrou o quarto. Olhou, olhou por tudo. A janela encostada apenas. Não estava travada por dentro. Estranho. Será que Adamastor havia saído pela janela? Saíram do quarto e correram para a frente do hotel. Nada. Nem sinal do forasteiro. Apenas seu cavalo estava na cocheira, amarrado.

"Muito interessante", pensou Deodato.

Agradeceu a Otávio e seguiu novamente pela rua. No caminho, encontrou Romero. Cara abatida. Parecia não ter dormido muito bem. Cumprimentou. Romero abaixou a cabeça e continuou. Virou-se e observou Romero de costas. Passos rápidos. Estava com uma faca presa no cinturão. O brilho de um rubi. Olhou novamente. Faca? O prefeito nunca andou com faca alguma no cinto.

— Prefeito, prefeito! — gritou, chamando.

— Opa, diga, delegado. O que houve, algum problema? Estou com pressa —respondeu Romero.

— Nada não. Apenas observei que anda armado agora!!!

— Claro. Veja como as coisas andam nessa cidade. Corbélia foi morta e você sabe que sou uma pessoa visada por aqui. Cuido de muitos interesses. Tenho que me defender também. Já não confio nos homens daqui. Principalmente nos que vem de fora da nossa cidade. Um abraço. Até logo...

Romero passou da praça até a prefeitura.

Então, o delegado passou defronte à igrejinha onde estava o andarilho Bafafá. Observou e foi à frente. Depois parou e pensou: "Bafafá, que ser estranho!!! Por que não dar uma passadinha no barraco dele ver o que anda fazendo?!!!" Deodato seguiu para o outro lado e resolveu ir até o local mais distante e evitado da cidade.

Por entre a mata, arbustos fechavam cada vez mais o caminho. Quanto mais adentrava, mais difícil ficava enxergar o que havia pela frente. Andou cerca de um quilômetro. Realmente era longe. Com as alpargatas enfiadas no barro mole até as canelas, encontrou um clarão na mata. Um galpão com várias peças de oficina, ferraria. Por entre as frestas podia ver lá dentro a luz penetrando discretamente o ambiente. Era fúnebre, malcheiroso. Havia bastante feno naquele local.

Lugar onde Bafafá descansava à noite. Afinal, durante o dia ficava à frente da igreja pedindo esmolas. Encontrou uma porta destrancada. Abriu. O ranger da madeira fez eco dentro da mata. Entrou no galpão. Logo viu ao longe umas panelas e um fogo de chão. Cinzas apenas. Não parecia haver gente por ali nos últimos dois dias. Observou o feno, "com certeza Bafafá não esteve repousando sobre ele na última noite", pensou. Não havia marcas. Chegou ao final do galpão. Achou então roupas velhas e estropiadas do andarilho.

— Sangue — falou baixo.

Marcas de sangue em uma das roupas. Estranho. Por que havia marcas de sangue nas roupas de Bafafá? Seria o sangue de Rúbia?

Mais marcas de sangue num facão enferrujado que estava pendurado na parede. Mais sangue numa foice e num machado...

Começou a ficar com medo. Ouviu um ruído na mata. Correu para fora do galpão e foi para a delegacia. Na delegacia, sentou-se ofegante, pegou um charuto, tirou os sapatos e botou os pés sobre a grande mesa de trabalho. Sobre um fichário estava um papel escrito à tinteira. Rasgado e borrado por água, dizia: "Mariluz vai matar sua grande Primeira-Dama".

Deodato olhava fixamente aqueles dizeres. Ele sabia muito bem onde tinha encontrado aquele papel.

Um novo ato

Na penumbra da noite, o vento "uivava" sobre o monte do cemitério. No alto da cruz mais alta do jazigo mais alto resplandecia a luz da Lua. Perto dali dois homens vestindo casacões compridos, chapéus de vaqueiro, lenços sobre as faces, um alto e robusto, o outro mais magro e baixo, de pés descalços. Encontraram-se na surdina.

— Olá — resmungou.

— Onde tá a faca?

— Bem aqui. Tome. Ele me deu para eu dar um fim nela, mas o que quero mesmo é dar um fim nele. Ele sabe demais.

— O que qué eu faiz?

— Então. Aquele homem sabe muitas coisas que ninguém mais pode saber nesta cidade. Minha vida aqui depende muito de você. Tem que enterrar ele e sua história.

— E você qué isso pra logo?

— Claro. Não temos tempo a perder. Quanto antes melhor. Antes que comecem a desconfiar de todo plano. Se isso vazar para a boca de qualquer um aqui, fim de linha para mim.

— Hum!!! Que vai me dá em troca?

— Posso te dar dinheiro. Posso te dar comida. Posso te dar casa. O que quiser, desde que dê um jeito nele rápido e sem rastros.

— Sei. Quero nada não. Só uma coisa: saiba o senhor que tua vida me pertence. Quarquer coisa que fizé e eu naum gostá, enfio essa faca nu teu bucho também.

Segundo ato

Amanhece. A cidadezinha de Mariluz recebe os primeiros raios de sol. Adamastor Corvo ainda ronca. Por uma frestinha da janela, entre a vista e a cortina, penetra a luz sobre o rosto de Corvo, despertando-o. Ao fundo, ouve ruídos de talheres, bater de pratos e xícaras.

Levanta-se da cama. Pronto, de botas e roupa de couro. Coloca o chapéu. Depois uma água no rosto. Barba por fazer. Sai do quarto e desce as escadas até a sala de café do hotel.

— Bom dia, coronel.

— Olá — respondeu Otávio, virando-se para o outro lado do salão.

— Que houve, caro coronel? Algum problema???

— Nada não, Sr. Adamastor. Apenas não estou a fim de conversar com um assassino!!! — resmungou.

— Quem o compadre chama de assassino? — perguntou com um tom de voz alto e agressivo. Empunhando o berro, bateu firmemente a arma sobre a mesa, deixando-a bem à mostra.

Otávio ficou quieto, observou, deu as costas novamente e falou:

— Se é dessa maneira que o senhor resolve tudo por aqui, mostrando-me sua arma, não há mais por que eu apenas desconfiar de você. Agora eu tenho certeza dos fatos. Não preciso provar mais nada. Realmente, temos um assassino aqui em Mariluz. E digo mais, pistoleiro aqui, meu "amigo", só tem um local onde a gente encontra: no cemitério!!!

Adamastor ficou vermelho. Ódio nos olhos. Franzia a testa e ofegava encarando o coronel, porém este nem dava atenção aos atos de Corvo. Frio e calculista, Otávio não tinha medo de ninguém. Já tinha lidado com outros parecidos.

— Então, sua senhoria me agride desta maneira e acha que vai sair ileso disso???

— Se quiser me dar um tiro, dê! — berrou Otávio. — Apenas saiba que não vai sair vivo daqui. É melhor o senhor pensar dez vezes antes de qualquer ato, meu caro Adamastor. Saiba que aqui nessa cidade todo mundo tem um rabo preso com alguém. Portanto, seja esperto...

Padre Aurélio

A história de padre Aurélio sempre foi galgada em atitudes nas quais sua generosidade e bondade atingiam a todos. Muito pequeno foi deixado no orfanato. Sem os pais, fora criado na Ordem dos Freis Capuchinhos.

Dotado de extrema inteligência, Aurélio foi sempre o mais esperto da turma. Sempre leu muito. Sempre se dedicou ao extremo. Sempre esteve sob a égide da Ordem.

É ferrenho colaborador e propagador dos ideais religiosos, inclusive do celibato, o qual é assim redigido por lei: "Entre os conselhos evangélicos deve ser estimada como um dom especial de Deus a castidade que, por impulso do Espírito Santo, é voluntariamente assumida por causa de Cristo e de seu Reino. A razão de levar nossa vida em castidade é o amor preferencial por Deus e pelas pessoas. Traz-nos, de maneira especial, maior liberdade de coração, pela qual aderimos a Deus com amor indiviso e conseguimos fazer-nos tudo para todos. Guardando esse dom com fidelidade e cultivando-o sempre, nossa fraternidade torna-se um sinal especial do mistério que une a Igreja a seu único Esposo. O carisma do celibato, que nem todos podem entender, é uma opção pelo Reino de Deus e prenuncia profeticamente esse Reino no meio de nós, dando testemunho da vida futura, em que os ressuscitados são irmãos entre si e diante de Deus, que será, para eles, tudo em todas as coisas".

Essa norma foi extremamente importante para as condições e decisões de vida de Aurélio, que, apesar de ser Frei, era conhecido como o Padre de Mariluz.

Aurélio passou por vários locais antes de chegar à Mariluz. Na verdade, praticou muito da sua fé na capital do estado, onde aprendeu muito de alquimia. Dizia ele que era um dom de Deus. Algo com que poderia contar quando somente a fé não superasse os obstáculos dos enfermos. Usava daquele dom para fazer fórmulas mirabolantes, chás naturais das mais diversas plantas, a fim da cura dos seus seguidores.

Alguns opositores da "fé", certos "velhos" da Vila, diziam que padre Aurélio usava suas fórmulas para "encantar" fiéis. Deixava os seguidores narcotizados enquanto pregava suas ideias, e assim tinha todo o apoio da população local.

Quando chegou a Mariluz, tinha sido transferido da capital para o tal lugarejo. Chegou para assumir a paróquia que fora regida pelo padre Bartolomeu por cerca de 30 anos. Não havia quase fiéis. A igreja e a Igreja estavam à beira de um colapso. Depois de alguns meses na cidade e rezando missas para cinco ou seis pessoas, encontrou Jezebel, uma mulher determinada, que estava sempre a postos e afim de deliberar sobre os assuntos paroquiais, assim como deflagrar a bandeira do catolicismo na região. Jezebel era fã do frei Aurélio. Compactuava das ideias de penitência e sacrifícios que a Igreja impunha para buscar um bem maior. A palavra de Deus sempre foi sua meta. Logo, engajou-se com Aurélio na busca de mais fiéis.

Ao longo de anos, a igrejinha começou a ficar pequena para tantos. As palavras do padre inundavam os corações de seus "servos". Um grupo de novos missionários foi criado naquele lugar. Padre Aurélio virou não só chefe religioso, mas também chefe das mentes de muitos cidadãos de Mariluz. A palavra de Aurélio virou ordem.

Entretanto, o padre não era de "ferro". Surgiu na sua vida uma moça, também órfão, que frequentava as missas, sempre de véu preto, e sempre na primeira bancada da igreja. O nome dela: Rúbia.

Rúbia era bem jovem na época, devia ter os seus 20 anos. Bonita, atraente, tinha um sorriso cativante. Dos cerca de um metro e sessenta de altura, sempre de vestidos que deixavam aparecer suas canelas, chegavam, por vezes, a tirar a atenção do próprio padre durante o sermão.

Foram anos e anos a fio em que aquela mulher linda, dos olhos castanhos amendoados, cabelos pretos lisos e compridos, sobrancelhas finas e mãos delicadas, esteve à frente na igreja, junto às missas de Aurélio. Parecia que ela se penitenciava pela profissão que o destino lhe entregara. Chegava a ir em duas missas seguidas, cantava e orava, despertando cada vez mais o interesse do padre.

Certa monta, foi ao confessionário. Entrou na cabine, fechou a portinhola, ajoelhou-se e disse:

— Padre!!! Sou uma mulher pecadora. Pequei contra os homens, pequei contra Deus.

— Entendo. Mas quero que saiba que Deus é Pai. Deus é Misericordioso. Deus pune. Mas Deus perdoa também. Portanto, fala teu nome e comenta mais o assunto, disse o padre, olhando fixamente por dentre os vãos do confessionário.

— Então, meu nome é Rúbia. — Começou a chorar.

— Acalme-se, senhorita! Vejo que está muito nervosa...

— Não é isso, padre. Minha vida é um mar de lástimas. Não consigo controlá-la. Sou órfã. Não tenho ninguém, a não ser madame Rita, uma boa alma que me deu aconchego em seu lar.

— Vejo que não está bem realmente, Rúbia. Mas tem que me contar a verdade. A verdade do que a aflige, do que a atormenta. A verdade dos seus "pesadelos".

— Certo — recompôs-se Rúbia. — A verdade é que... — Voltou a chorar.

— Façamos assim. Começou hoje uma jornada. O início sempre é difícil. Amanhã volta e fala comigo novamente. Aos poucos vamos dar um norte às tuas dúvidas. Despediram-se cordialmente.

Confissão

Voltando novamente no tempo, continuemos falando um pouco mais sobre a falecida Rúbia.

Após mais uma noite "quente" na Casa Vermelha. Amanhecia o dia com o sol raiando por entre as árvores. No quarto de Rúbia, por uma pequena fresta da veneziana, um feixe de luz intensa chegava bem aos seus olhos. Despertou com um olhar tristonho e um homem ao seu lado, dormindo e roncando, e cheirando a álcool. Os sentimentos de Rúbia oscilavam entre a repulsa e a gratidão por estar naquele lugar. Ao menos tinha onde ficar, por mais que o nojo daquela situação a incomodasse muito.

Levantou-se. Enrolou-se em um lençol. Foi tomar um banho na tentativa de purificar o corpo. Lavou-se. Vestiu-se. Saiu para a rua.

Permeando os muros da Vila da Luz, subiu as ruas em direção à Paróquia. Eram por volta de seis horas da manhã. Estava tudo tranquilo na cidade. Ao longe ouvia o som do cacarejar. Chegou em frente à Igreja. Mas ainda estava com as portas fechadas. Lá dentro uma luz fraca da lamparina demonstrava que já estavam se preparando para a missa das sete. Sentou-se na escadaria da igreja e ficou.

Aos poucos, chegavam cada vez mais pessoas. Foram se acumulando em frente daquele lugar. Quando faltavam dez minutos para as sete horas, abriram-se as portas da igreja. Todos adentraram ordeiramente. O som dos passos de cada um era ouvido isoladamente por todos. Uma caminhada em busca dos melhores lugares. Pronto, chegou o horário da missa. Rúbia tomou seu posto bem em frente ao altar, na primeira bancada. Padre Aurélio adentrou o recinto ao som de um cravo que ficava do lado direito do altar. Maestro Décio era o responsável pelas músicas sacras. Aurélio passou pelo vão central diante de todos os fiéis, ajoelhou-se perante o altar, fez o sinal da cruz e assumiu seu lugar. Seguiu-se a missa. Após cerca de uma hora, a missa se encerrou. Rúbia foi direto para o confessionário e lá ficou esperando o padre.

— Padre, sou eu, Rúbia.

— Sim, Rúbia, fale...

— Ficamos de conversar melhor desde ontem. Eu pensei bem, refleti e acho que chegou a hora de falar. Espero que o senhor não fique surpreso, nem triste ao saber da minha história, porque eu costumo ficar, e muito — lamentou.

Rúbia se recompôs, suspirou e começou a falar, baixinho, quase que sussurrando no confessionário:

— Padre!!! Sempre quis estar aqui contigo, a sós, para conversar. Toda vez que venho a sua missa fico muito mais feliz, mais calma, mais esperançosa com a vida. Mas quando volto para casa, a angústia por não estar mais perto de ti me tira todo o sonho de vida. A semente que o senhor deixa no coração das pessoas é de fato a luz para o nosso caminho.

Pois bem — continuou Rúbia —, minha vida não é mar de rosas. Sou tudo aquilo que os homens da Terra querem, e tudo aquilo que os "Homens do Céu" repudiam. Eu sinto lhe dizer que não sou um exemplo de mulher. Não sou o estereótipo de pessoa boa. Não sou aquilo que o senhor e outros que não me conhecem possam imaginar.

— Calma, minha querida. Deus escreve reto por linhas tortas. Nem sempre somos o que sonhamos. Mas sempre há tempo para mudança. Sempre há o perdão misericordioso de Deus para aqueles que querem mudar, e também aos que se convertem ao Cristianismo, ao Catolicismo. Assim como para os que querem deixar da vida mundana. Seja forte nesse momento e me fale mais a seu respeito. Fale o que fez, o que faz, e teus anseios. Sei que posso ajudar...

— Com certeza o senhor pode me ajudar padre. O problema realmente sou eu, ou a minha vida. Não sei como lidar com isso.

— Então, Rúbia. Este é seu nome, não é? Fale-me agora, qual teu pecado?

Rúbia suspirou novamente, engoliu em seco, ergueu a cabeça e entre lágrimas falou em alto e bom tom:

— Padre!!! Eu sou prostituta...

O mundo de Pe. Aurélio caiu todo por terra. Seu céu virou trevas. Seus sentimentos afloraram de forma nunca vista ou sentida em todos seus anos de sacerdócio. O padre enrubesceu, e um grito de horror emanou do seu peito:

— Nããããoooooooooooo... Não posso acreditar no que me diz. Não posso aceitar isso de tua boca. Fazei Deus que isso não seja verdade.

Na imensidão da nave vazia, ecoou a voz mais triste de Aurélio. Um misto de amor e ódio invadiu os pensamentos do padre. Ele não podia crer que a mulher que lhe fez ter algum sentimento puramente humano, de amor carnal provido de um desejo intenso, fosse tudo aquilo que ele repudiava. Fosse tudo aquilo que ele pregava contra. Fosse tudo aquilo que "Deus não queria".

Subitamente, afloraram novos e inéditos sentimentos no "coração" do padre: raiva, remorso, tristeza...

— Saia já daqui, sua incrédula!!! Não apareça mais na minha frente, nem mesmo pise no chão puro desta Igreja. Vá!!! Siga o teu caminho...

Rúbia pasma, boquiaberta, sem palavras, correu para a rua e sumiu entre as casas da vila. Aurélio pôs-se a chorar compulsivamente.

Terceiro ato

Adamastor Corvo sai pelas ruas do vilarejo. As esporas ao solo. "Ruídos rudes" ao som da manhã em que apenas pássaros se ouvem.

Deixando a ruela do hotel, Corvo deu de frente com a pracinha de Mariluz. Era um dia festivo para o local. Era o dia do aniversário da cidade. A multidão começava a chegar à praça. Gente vinha de todos os lados, e até de outras cidades. No coreto, o maestro Décio começava a arrumar as coisas para a apresentação. As barracas de comidinhas já estavam armadas, formando um corredor de odores que, de tão deliciosos, deixavam todos que passavam ainda mais famintos. Corvo seguiu pelo meio das pessoas. Andou até o coreto e ficou observando o povo. Ao longe, viu a figura de Romero chegando. O prefeito, a figura mais ilustre do local, iria fazer o discurso de homenagem à cidade. Junto com ele, vinha o Dr. Domorto, conversando e rindo como se todo prazer da vida lhe tivesse sido concebido. Vinham a passos lentos, distraídos, cercados de aplausos, mas também de muitas vaias. O prefeito tinha muitos desafetos. A política local era tensa.

O delegado Deodato também estava no local. Foi chamado pelo prefeito para fazer a segurança. Corvo viu Deodato numa das janelas da prefeitura. De cima ele poderia observar a tudo e a todos.

O tempo passa rápido e, perto do meio-dia, padre Aurélio mandou soar dos sinos da catedral e desceu as ruas rapidamente, numa carroça, até chegar ao coreto. Padre Aurélio iniciaria as festividades com um chamado público, como sempre fazia.

No coreto, a banda Toque Baixo já estava a postos. Na parte da frente, dispostos defronte ao público, estavam, lado a lado, Aurélio, Romero e Domorto.

— Vamos começar!!! Calem-se!!! O padre vai falar — gritou Romero.

Os burburinhos aos poucos cessaram e o padre colocou-se bem à frente, no parapeito, com a Bíblia em mãos, e falou:

— Em nome do Pai, do Filho e do Espírito Santo. Amém... Estamos hoje aqui reunidos para comemorar mais um ano da fundação da nossa querida cidade, Mariluz, e para tanto precisamos sempre cultivar a palavra de Deus, como o farei agora...

Assim seguiu Aurélio por cerca de uma hora, rezando, cantando, junto com o povo que o adorava. Ao final do rito, passou a palavra ao prefeito Romero para continuar a homenagem.

— Povo de Mariluz — falou o prefeito. — Quero, primeiramente, dizer que, como líder desta cidade, ficamos muito pesarosos pelas mortes prematuras de Rúbia, minha estimada esposa, e da professora Corbélia. Mulheres guerreiras. Mulheres mariluzenses que sempre nos defenderam onde quer que estivessem.

Seguiu... Repentinamente, um som ensurdecedor ecoou pela praça. Um estrondo tão grande. Todos, assustadíssimos, agacharam-se. Foram ao solo, deitados. Silêncio sepulcral. De súbito, um grito aterrorizante de padre Aurélio:

— Romero levou um tiro!!! Romero está todo ensanguentado!!! Ajudem!!! Ajudem!!!

Décio, Aurélio e Domorto viraram o corpulento Romero de barriga para cima. Sangue escorria pelo dorso e sua boca. Os olhos esbugalhados do medo. Pálido e pegajoso. Não respondia a mais nada.

— Deus dos Céus, por favor, novamente não. Não permita que mais um nos deixe. Não permita que o Demônio cubra do mal nossas plagas. Deus, ajude-nos — pediu o padre.

Domorto tentava manobras para reanimar o prefeito. De toda maneira, suava debaixo do sobretudo preto. Ficou minutos, meia hora, uma hora. Sem sucesso, chorou, e sua última manobra foi fechar os olhos de Romero para que descansasse em paz.

Todo povo ficou de luto. Os poucos que sobraram na praça naquele momento rezavam, sob lágrimas, pedindo mais segurança na vila.

Deodato apareceu minutos após, interpelando as pessoas sobre o fato. Procurava algum vestígio do assassino em potencial. Procurou também Adamastor. Não o encontrou na praça. Seguiu correndo para o Hotel Campestre, onde encontrou Otávio.

— Coronel! Tivemos uma tragédia na praça. O prefeito foi assassinado. Onde está Adamastor?

— Adamastor? Ué, deve estar no quarto 1313. Siga as escadas, final do corredor central...

Deodato correu novamente, agora acompanhado pelo coronel. Em frente ao quarto 1313, gritou por Adamastor e deu um chute na porta, derrubando-a.

— Parado!!! — gritou firmemente com uma espingarda em punho.

Corvo estava de costas. Aparentemente, arrumava sua mala de garupa. Virou-se vagarosamente, com as mãos para o alto, e encarou Deodato.

— Olha só, delegado Deodato, o que o traz aqui em meu descanso?

— Sei que matou o prefeito Romero. Otávio, ajude-me aqui — chamou.

O coronel respondeu prontamente.

— Segure a espingarda e mire nele — disse o delegado. — Vire-se, Corvo. Mãos para trás. Algemou-o e, puxando pelo colarinho, o levou até a delegacia. Sempre sob a mira de Otávio.

Jogou-o na cela. Trancou. Cuspiu em Adamastor e sumiu.

Alguns meses atrás

Existia na cidade uma mística de que as mulheres daquele lugar não eram muito confiáveis. Talvez a monotonia do local lhes trouxesse ideias pouco usuais para a época, as do tipo infidelidade.

Apesar da pequeneza da cidade, muito se falava nas entrelinhas, e nada se sabia ao certo sobre cada um que ali residia. Foi assim que surgiu certo caso.

Falamos da senhora Rúbia novamente. A mulher órfã que fora criada em um prostíbulo parecia não se render mais aos caminhos da fé. Rúbia era afetuosa, mulher cobiçada da região, e esposa do prefeito.

Anos atrás, havia sido praticamente excomungada pelo padre Aurélio, que deixou de ser um amor platônico de Rúbia. Também o padre era tentado ao amor daquela mulher. Aurélio, aliás, iludiu-se de tal forma com a concubina, que quase deixou de seu ofício por conta dela, a fim de adorá-la e tê-la como esposa. O frade remoía, todos os anos da vida, a raiva deixada em seu coração pela história daquela mulher. Atraente, Rúbia deixou uma cicatriz profunda na alma de Aurélio. Fato esse que resultou em atos diários de autoflagelação como penitência pelo ato ingênuo de tentar um amor carnal, mesmo perante a Igreja.

Podemos assim dizer que o padre amava Rúbia de uma maneira muito diferente dos outros fiéis. Entretanto, esse amor era convertido em ódio no seu dia a dia. Um ódio, uma marca, um arrependimento, uma humilhação, para aquele que tanto dedicou sua vida ao clero.

Dizem que, em certos momentos, madrugada adentro, quando apenas uma vela era vista acesa por entre os vitrais da igreja, Aurélio rezava e chorava compulsivamente. Segundo os "velhos", o padre recebia também a visita do tal "gente ruim", um chifrudinho de cara e rabo vermelhos, que lhe atiçava a mente, sempre lhe aconselhando atos de má-fé.

Mas vamos deixar um pouco Aurélio de lado e voltar a Rúbia. Depois da repulsa do frade, a moça começou a se diferenciar do povo local. Vestia roupas extravagantes, decotadas, e ficou com a língua "afiada".

Casou com o prefeito Romero, frequentador da casa de Rita Caçapa. Rúbia adorava o corpulento homem que lhe trazia "ouro", além do prazer.

Os anos passavam, e Rúbia foi ficando cada vez mais conhecida, e menos amorosa. Sua vida social era intensa em Mariluz. Deixou o prostíbulo desde seu casamento. Morava na mansão de Romero, sempre cercada de funcionários que para ela tudo faziam.

Uns meses antes de seu falecimento conheceu, particularmente, um homem que traria de volta o amor em seu coração. Foi uma tarde no Hotel Campestre, mais precisamente no restaurante daquele lugar. À luz de velas, um jantar que se iniciou por conta de negócios do marido.

A intenção era um encontro de Romero com o delegado, porém não foi possível, devido a um contratempo do prefeito, e, por simples consideração, Rúbia foi representá-lo. Romero queria discutir os planos da sua própria segurança. Coisas da rotina de um prefeito de cidade pequena.

A conversa começou recalcada. Deodato, incrédulo da presença única de Rúbia, pasmo ficou ao ver a boca de lábios vermelhos, carnudos, cabelos castanhos soltos, lisos e compridos e olhar sedutor.

Otávio os servia com afinco. Afinal, o próprio prefeito pedira que assim o fosse. A conversa começou a se desenvolver, porém nunca com vistas a Romero, muito menos às particularidades de Mariluz. Os olhares fixos um no outro deixavam as palavras mais soltas, o diálogo mais franco e um aroma de paixão no ar. Falaram sobre suas vidas, seus amores, seus desejos, suas ambições. Falaram sobre os gostos. Chegaram a contar anedotas. Tomaram garrafas do melhor vinho do hotel.

Saíram abraçados do hotel. Deodato ajudava Rúbia a se equilibrar.

— Deodato!!! — chamou o coronel Otávio.

— Sim, coronel, diga! — exclamou.

— O delegado vai mesmo levar a senhora Rúbia em casa?

— Não se preocupe, caro Otávio. Está em boas mãos. Aliás, mais seguro não há — disse sorrindo.

Seguiram em frente. Risadinhas. Sumiram na penumbra da noite.

Rúbia dobrou a cabeça sobre o ombro de Deodato. O perfume da madame enlouquecia o "homem da lei". Tempo esse em que Deodato roubou-lhe um beijo demorado, com furor, com ardor, e com amor. Aos beijos, abraços, carícias, entraram na delegacia antes de chegar em casa.

Foi sobre a mesa do delegado, fechados naquele recinto, que se consumou a paixão dos dois. Foi um coito demorado, muito prazeroso para os dois. Inesquecível. Indescritível.

Exaustos, suados, felizes. Aprontaram-se novamente cerca de trinta minutos após a entrada na delegacia. E como se nada tivesse acontecido, andaram em direção à mansão de Romero.

Chegando em casa, Rúbia despediu-se cordialmente de Deodato. Foi dormir ao lado de Romero, que, também embriagado, roncava intensamente.

No dia seguinte, Rúbia já não dava a mínima bola para o ocorrido. Deodato, entretanto, estava muito saudoso, apaixonado, vislumbrava um futuro de amor ao lado da primeira-dama. Seu coração somente pulsava pelos beijos daquela mulher.

Dia após dia, Deodato escrevia para Rúbia. Bilhetes de amor. Bilhetes tais que eram entregues por seu contínuo diretamente às mãos da amada. Rúbia, porém, não dava a devida atenção. Guardou todos no seu porta-joias. Um a um foram lidos e deixados de lado. Cada vez mais, o delegado, mesmo sem resposta de Rúbia, apaixonava-se. Saibam todos que Deodato nunca se manifestou publicamente. Era muito discreto e polido, mas grosseiro quando o motivo era procedente. Assim foram alguns meses sem que o delegado obtivesse resposta às suas cartinhas. Apenas um "bom dia", ou um "olá", quando cruzavam pela rua, já que Rúbia geralmente saía acompanhada, seja pelo prefeito, seja por alguma dama de companhia.

Outro caso

Rúbia não tinha grandes preocupações quando aviltava a atenção dos homens da cidade de Mariluz. Afinal de contas, antes de os dois morrerem, o prefeito Romero, seu esposo, vivia aprontando das suas. O último boato que corria pela cidade era de que Romero tinha um caso com a falecida professora Corbélia.

Os "velhos", sempre atentos às rotinas de cidade, contam que viram, por várias oportunidades, o prefeito sair da casa de Corbélia na calada da noite. Também falam sobre sons de beijos estalados, gemidos, gritos de amor entre os dois "pombinhos". Toda vez que Romero deixava a casa da amante, aparecia com a roupa toda amassada, suado, cabelos despenteados, e, por fim, marcas de batom na camisa. Depois da farsa feita, Romero dava sempre uma passada para ver o chafariz que havia na praça central. Um pequeno espelho d'água onde ele ia beber e lavar o rosto. Tudo fachada para jogar água na camisa e esfregar as pequenas marcas do batom de Corbélia.

Isso durou vários anos, durante a vida política de Romero. Corbélia sempre esteve em bons empregos. Professora titular e diretora de escola. Vivia em cargos comissionados pela prefeitura, por mais que fosse em sua própria área de atuação. Ganhou presentes variados, todos provindos de Romero: roupas, joias, caixas de maquiagens, sapatos, perfumes e chapéus. Tudo para que ficasse mais linda ainda. Claro que, dessa forma, a cidade toda tomou conhecimento do fato. O caso era sabido, mas sempre comentado de forma velada. Por conseguinte, Rúbia também tinha essa informação.

Rúbia não gostava de falar da situação. Estava atrelada ao prefeito de forma que não teria onde cair morta se deixasse Romero. Rúbia veio da pobreza. Ficou rica e gostava de ostentar sua riqueza e prestígio.

A única pessoa com a qual Rúbia conversou sobre o caso de Romero foi o delegado Deodato. Queixou-se sobre a falta de dignidade do esposo. Queixou-se por sentir falta de um homem que lhe desse o carinho merecido.

Incrivelmente, Deodato não quis se aprofundar no assunto, apesar de não concordar com a atitude do prefeito.

Os dias de prisão

Adamastor Corvo olhava por dentre as barras de ferro da cela na delegacia. Na noite em que fora preso, revivia passo a passo toda sua trajetória de vida. De onde veio, para onde iria. O que tinha vindo fazer naquela pequena cidade.

A cela era pequena, existia uma grade maior na frente, que dava para um corredor. Essa grade era a porta. Tinha uma fechadura enorme e uma fresta maior para passar a comida. O ambiente tinha cerca de dois metros quadrados. Era de chão batido. Do outro lado existia uma pequena janela coberta de limo. Por ela era possível observar uma ruela que chegava até a mata sombria. As paredes eram frias e sólidas. Rígidas e marcadas pelo tempo. Marcas de quem tentou cavoucá-las para, quiçá, tentar fugir. Outras marcas de tinturas. Vermelhas do sangue velho, vinhoso. Faziam desenhos e palavras. Palavras dos presos que por ali passaram. No canto mais baixo da parede onde Corvo se escorava, um dizer rancoroso: Antunes assassino!!!

Adamastor ficou acorrentado em uma argola de ferro incrustada em uma pedra que parecia estar enterrada sob o chão da cela. Sua corrente permitia que acessasse apenas os cantos do pequeno recinto.

As horas pareciam não passar. O calor na prisão era insuportável. Logo, o tempo foi fechando, e, na noite tenebrosa, trovões anunciaram a tempestade. A chuva começou a cair. Pela pequena janela lateral, a força dos ventos jogava as águas dos céus para dentro da cela. Adamastor tentava, de alguma forma, banhar-se no temporal. O suor quente de seu rosto misturava-se às gotas frias da chuva. O "gosto do relento" entrava pelo canto de sua boca. E o cheiro da relva molhada inundava seu olfato. Nunca estivera preso. Era uma situação inédita para aquele homem misterioso.

Estafado e com fome, caiu num sono profundo. No dia seguinte, o sol brilhava lá fora. Na cela o orvalho da manhã escorria pelas paredes. Corvo, deitado, com a cabeça encostada em um pequeno monte de terra, abriu lentamente os olhos. Piscou duas vezes e percebeu uma conversa ao fundo. Ficou bem quieto, escutando.

— Bom dia, dotô delegado. Voismecê me cunheci, né?

— Claro, quem não conhece o senhor nesta cidade?

— Pois é. Intaum, eu tô aqui pra pegá uma coisa qui mi pertence...

— Alto lá!!! Tudo aqui é meu — respondeu Deodato.

— Dotô sabe qui esse homi qui taí presu matô a dona Rúbia, né?

— Claro, não só Rúbia, como também o prefeito Romero e Corbélia.

— Intaum, eu vim pegá ele pra matá!!!

— Mas você não pode levá-lo daqui. Ele é meu. Tenho contas a acertar com esse sujeitinho!!! — disse o delegado. — Vai-te embora coisa feia — continuou Deodato.

Adamastor ficou quietinho, todo ouvidos, e com o olhar focado conseguia ver o delegado passando ao longe. Observou outro homem com vestes toscas e mão peluda naquele recinto. Não sabia quem era. Mas viu que Deodato lhe entregou alguma coisa e também falou algo ao pé do ouvido. Depois, o tal homem se foi. Então o delegado deixou o recinto.

Adamastor começou uma tentativa desenfreada de fuga. Com uma pequena pedra tentava quebrar as correntes. Horas a fio batendo sobre o ferro trançado. O sangue escorria sob os dedos. Machucado, fraco, com dor, parou e dormiu novamente...

Investigação

Durante a ronda, Deodato Antunes encontrou o doutor Domorto em frente à funerária. Consta que Domorto era sabedor de tudo sobre a vida e a morte das pessoas daquela cidade.

— Bom dia, doutor!!! Como vai o senhor?

— Olá, delegado. Pois veja só, mais uma morte trágica em nossa pequena Mariluz. Ainda estou estarrecido com isso. Romero era muito amigo meu. Conversávamos de tudo, sobre tudo e sobre todos. Trocávamos ideias. Criávamos condutas. Éramos como irmãos.

— Realmente, doutor. Mas a vida é tão efêmera, não é? Depois que o tal pistoleiro chegou na cidade, nossa vida mudou muito. Mas agora está preso, e vai pagar por tudo que fez. Matou Rúbia e o prefeito. Agora podemos ficar mais tranquilos...

— Mas, caro delegado, Rúbia morreu naturalmente. Ela assustou-se com algo que correu pela mata, desesperou-se e caiu. Provavelmente, ela tinha alguma doença cardíaca, pois infartou repentinamente. Eu mesmo fiz a necropsia dela.

— Difícil alguém como Rúbia, sempre tão disposta, ativa como era, apresentar algo tão desastroso repentinamente. Tenho certeza de que, se fosse doente, os estresses da vida teriam sido suficientes para levá-la aos braços dos anjos antes mesmo desse ocorrido. Mas se o senhor está falando, então que seja. Afinal de contas, Rúbia não volta mais.

— É certo que Rúbia não volta, caro Deodato. Mas por que esse interesse todo por Rúbia? Tivemos a morte do nosso prefeito Romero!!! Rúbia era mera espectadora perante Romero. Era prostituta de luxo, e, por mais que fosse primeira-dama, continuava os afazeres de puta!!!

— Meu interesse é pela ordem, doutor. Pela ordem, sempre — repetiu encarando.

— Quero que me acompanhe até o mortuário, venha ver uma coisa.

Seguiu Domorto para dentro da funerária. Caixões diversos colocados lado a lado formavam um fúnebre corredor. Ao final, uma escada descia para o porão. Rangia como as madeiras de um navio sobre as ondas do mar. Continuaram. Ali, apenas pequenas janelas altas, forma de respiro para o recinto. Junto às paredes, armários contornavam toda a sala. Em cima de uma prateleira, uma bandeja de ferro e instrumentais. Fios de algodão, pinças, lâminas, bisturi, tesouras cirúrgicas diversas, compressas várias. No centro do porão, duas macas de metal. Uma livre e limpa. Na outra um corpo coberto por um lençol branco com marcas de sangue.

Aproximaram-se daquela maca e Domorto puxou o lençol. Num repente, Deodato pulou para trás, assustado. Era Romero. Branco como neve. Frio. Pegajoso. Com uma tonalidade azul nas partes mais baixas de seu corpo.

— Veja caro, Deodato. Vou auxiliar sua investigação agora. Ajude-me a virá-lo — pediu o doutor.

Calçaram luvas. Aventais a postos, viraram-no sobre a maca.

— Está vendo este furo nas costas, Deodato?

— Sim, doutor — respondeu.

— Isso daqui é o furo de entrada do tiro que ele levou.

— E o que isso tem a ver comigo?

— Acho que não foi Corvo que matou Romero. O tiro veio de trás do prefeito. O prefeito estava voltado para a multidão, disse o doutor.

— Não entendo, e no que isso inocenta o Corvo? — interpelou Deodato.

— Eu vi Adamastor à frente do coreto segundos antes do prefeito ser alvejado...

— Não acredito, doutor. O senhor deve ter se confundido. Corvo é um homem inteligente. Não ficaria exposto desta maneira.

— Bem, é o que eu vi. Se o senhor não acredita, é uma pena, porque o real assassino deve estar à solta nesta cidade. Aguarde e verá novos funerais, Delegado!!! Seja realista!!!

Cobriram novamente Romero. Subiram as escadas. Despediram-se.

Cortejo

Tocaram os sinos da igreja novamente. O silêncio imperava na cidadela. O som dos sinos ecoava por todo o vale. Era pôr do sol do dia seguinte ao trágico acontecimento. Domorto, junto com padre Aurélio, chicoteava os cavalos do carro fúnebre morro acima, em direção ao cemitério.

A população vinha atrás da carruagem. Um bumbo, às mãos do regente Décio, marcava cada passo do povo em direção à lápide. Até "velhos" mais exaltados, sabedores de todas as falcatruas de Romero, contiveram-se em respeito ao falecido.

Chegando no topo da montanha, trouxeram o caixão seis homens, e o colocaram defronte ao sacerdote. Padre Aurélio rezou. Domorto em lágrimas, de cabeça baixa, silenciou. Jezebel orava pelo falecido, com os olhos voltados aos céus, uma prece interminável. O coronel Otávio também estava lá, em sinal de luto, com roupas sóbrias e boca cerrada. O cemitério estava lotado. Pessoas de todos os lados vinham, curiosas, constatar o fato. O único som audível era o do vento, balançando os arbustos e levantando a poeira fina do dia mais quente.

Apenas três pessoas não estavam ali. Adamastor, que estava recluso. Bafafá, que era arrebanhado do demônio. E o delegado Deodato, em investigação.

Ao final do enterro, as pás depositavam as últimas porções de terra sobre o caixão, e Padre Aurélio encontrou-se com Dr. Domorto:

— Pêsames, Domorto. É mais triste a cada dia. Não consigo imaginar como fomos parar neste ponto. A única certeza é que o matador está preso e não mais vai nos incomodar — disse Aurélio.

— O padre está tão certo disso? Eu não creio nisto. Conversei com o delegado hoje mesmo. Ele afirma ter prendido o assassino, mas vi Corvo em frente ao coreto logo antes do tiro. Além disso, fiz a necropsia de Romero. O tiro veio por trás dele.

— É mesmo, doutor!!! — Coçou o queixo. — Eu também vi o tal em frente ao coreto um pouco antes de Romero ser alvejado. Você acha que daria tempo daquele homem ir para trás do coreto tão rápido e atirar??? — interpelou Aurélio.

— Padre, eu estudei muito esta área da Medicina. Sei o que estou falando. Então lhe respondo: não!!! O tiro nem veio de baixo pra cima, e sim de cima para baixo. Logo, Corvo não poderia ter atirado nem que tivesse dado a volta no coreto. Foi questão de segundos, não daria tempo de subir em algo, se esconder e atirar. Acho que o tiro veio de mais longe, de alguma das construções que estão na rua da prefeitura, para trás do coreto. Uma coisa premeditada. Entendeu?

— Você acha, caro doutor, que uma outra pessoa, a qual desconhecemos, praticou essas mortes?

— Isso é certo, nada me tira esse pensamento. E vou investigar. Romero era muito meu amigo. Muito mesmo. Ele merece minha ajuda, até debaixo de sete palmos de terra — falou Domorto.

O padre abençoou o doutor, que lhe beijou a mão. Depois Domorto deixou o cemitério e desceu a encosta. Padre Aurélio ainda permaneceu rezando por mais algumas horas naquele local.

Novamente, a noite

Na prisão, o sol nem por fresta mais entrava. Estava se pondo no horizonte. O gélido das paredes começava novamente. Corvo despertou num canto escuro da cela.

Escutou alguém mexer na maçaneta da porta da delegacia. O barulho da porta se abrindo ao longe. Um rangido. O som vinha ao longo do corredor. Passos firmes mas descompassados. Aos poucos ficavam mais altos, mais audíveis, mais próximos. Adamastor colocou-se próximo das grades da porta. Olhou para o início do corredor. Parecia que alguém procurava algo. Um vulto apareceu. Parado a uns 10 metros de distância. A luz o iluminava por trás. Não tinha como saber quem era. Apenas que não era uma pessoa alta. Observou que tinha garras, ou grandes mãos com unhas compridas. Aproximou-se.

O prisioneiro suava, pupilas dilatadas, respiração ofegante.

— Corvu!!! — gritou a pessoa com a voz trêmula. — Tome um pão — complementou, jogando de longe o pão próximo à cela.

Adamastor esticou o braço preso pelas correntes, e entre as grades conseguiu pegar o pão. Devorou-o e perguntou:

— Quem é você?

Silêncio e aproximando-se.

— Quem é você? — esbravejou novamente.

Chegou em frente à cela.

— Como tá o sinhô? Voismecê é o Corvu, é??? Sartisfação...

— Quem te mandou aqui? Quem é você? O que é você???

— Aqueli qui mandô eu aqui é dus morto e qué voismecê du lado dele ôge. Vim aqui fazê um servicinho tosco du demo pru sinhô — respondeu.

Pegou uma chave do bolso. Inseriu-a na fechadura. Girou e abriu a cela de Adamastor. Corvo recuou para o fundo da prisão e esperou.

— Tá cum medu, pistolero?!!! Óia bem pra mim. Óia esses dente afiado. Óia essas mão bem di pertu...

Adentrou o recinto em direção ao desafeto.

Pulou sobre Corvo, apertando seu pescoço com força. Adamastor tentava segurar o ímpeto do agressor. As unhas dele marcavam sua pele. Arranhões. Rasgos de sangue. Uma luta pela vida. Socos e pontapés...

Rolaram os dois sobre as correntes do prisioneiro. Força. Instinto assassino. O cheiro da morte invadiu a delegacia. "Segundos que viravam minutos e minutos horas, e disto a eternidade". Ofegantes, era a luta por cada suspiro de vida.

Num repente, Corvo observou aquela pequena pedra que usara na tentativa de fuga. Jogado sob o assassino, com a goela apertada pela mão, puxou a pedra com o pé para próximo de si. Pegou-a com raiva e, com o resto de suas forças, desferiu um potente golpe sobre a nuca do seu oponente, que caiu desfalecido ao lado de Corvo, em meio uma poça de sangue.

Adamastor tomou fôlego. Respirou pausadamente dez vezes, e reagiu. Procurou algo nos bolsos daquele homem. Algo que pudesse esclarecer o ocorrido. Encontrou uma faca enfiada no cinto, a faca que lhe pertencia, com um rubi entalhado na empunhadura. Surpreso, guardou-a. Procurou mais e mais, e encontrou somente uma pequena chave, mas repleta de sorte. A chave abria as correntes que estavam atreladas aos punhos de Corvo.

Sem as correntes, com a cela e a delegacia abertas. Foi a brecha que Adamastor encontrou para sair daquele lugar. Machucado, correu o que pôde pelo corredor, chegou ao escritório do delegado. Abriu as gavetas da escrivaninha de Deodato e jogou as chaves numa delas. Porém, vislumbrou alguns papéis rabiscados ao fundo da outra. Manuscritos que diziam: "Rúbia é uma bela mulher, porém não consigo mais conviver. Pelos destinos da vida, fomos traídos. Você é a solução dos meus problemas. Venha conversar comigo. Mariluz vai matar sua Grande Primeira-Dama." Assinado por Romero. Pegou o papel. Fechou todas as gavetas e fugiu. Seguiu para o Hotel Campestre. Observou seu cavalo amarrado em frente ao estabelecimento. Pelo vidro, viu que Otávio estava na recepção. Deu a volta no hotel. Escalou alguns muros, subiu pelos telhados das casas vizinhas e chegou defronte à janela do quarto 1313. Abriu as venezianas e penetrou em meio à penumbra da noite. A luz da lua o ajudou a achar suas coisas, que ainda estavam sobre a cama.

Inclusive a cartucheira com a garrucha. Glória. Afivelou-a. Fugiu novamente pela janela.

Bicho feio

No dia seguinte, Deodato acordou bem cedo. Um amanhecer chuvoso. Colocou um sobretudo e alpargatas. Dirigiu-se à delegacia. Antes de chegar, passou no Hotel Campestre, comprou um pão com bife. Comeu a metade e o resto guardou para dar ao prisioneiro.

Encontrou a porta da delegacia entreaberta. Abriu-a e adentrou. Deu bom dia sem que houvesse qualquer resposta. Checou os papéis sobre a escrivaninha. Tudo em seu lugar.

Tirou a metade do pão do bolso, colocou sobre uma bandeja e seguiu pelo corredor até a cela.

Observou alguns pingos vermelhos no chão. Agachou-se e percebeu que eram de sangue. Sangue coagulado. Uma trilha que saía direto da cela de Adamastor. Chegou mais próximo e, intrigado, viu que a grade estava apenas encostada, e não trancada como sempre fazia. Chegou mais e mais perto. Sentia um cheiro de podre, um cheiro de carniça. Sorriso sardônico.

Um homem envolto numa poça de sangue jogado ao fundo da prisão. Entrou e, com as duas mãos, puxou o corpo para o meio do recinto e virou-o.

— O que é isso!!! — gritou assustado... — Que droga. Bafafá, seu idiota. O que você está fazendo aqui? Seu estrupício!!! Merda...

Esbaforido. Arrastou o corpo de Bafafá para trás da delegacia. Pegou uma pá e fez um grande buraco. Jogou o corpo nele e enterrou em meio à tempestade.

Todo molhado, com as mãos cheias de barro, pegou a chave de seu bolso e fechou a porta da delegacia. Dirigiu-se para o Hotel Campestre novamente. Chegando no hall do hotel, foi recebido pelo coronel Otávio:

— Bom dia novamente, caro delegado. Gostou tanto do café da manhã que veio buscar outro dos meus pãezinhos especiais é?

— Néscio!!! Adamastor fugiu da cadeia.

— Você é burro, Deodato. Como pode um homem fugitivo. Como você conseguiu este feito, hein? Fez o mais difícil e agora está sem nada.

— Burro é você, Otávio. Bafafá abriu a prisão para o Corvo.

— Então, prenda Bafafá também, senhor delegado.

— Não posso — respondeu.

— O forasteiro o matou também — complementou.

Desolado, Otávio convidou Deodato para uma reunião com as personalidades restantes da cidade, ou seja, os dois mais o padre Aurélio e o Dr. Domorto.

Reunião

No mesmo dia, em meio à tarde chuvosa, se encontrariam o delegado, o doutor, o padre e o coronel. A reunião seria numa sala paroquial, logo atrás da sacristia, depois do altar da igreja de Mariluz. Aurélio já estava no aguardo. Sentado, ainda de batina, esperava ansiosamente a chegada dos participantes. A sala compreendia uma grande mesa central, robusta, feita toda em imbuia. Cadeiras laterais com assentos forrados de camurça vermelha. Todos postos sobre um grande tapete de fios entrelaçados, feito de lã de ovelha, com vários tons de tinturas, do vermelho ao azul-marinho. Numa parede enorme com um alto pé direito, uma cruz de cerca de três metros de altura por dois metros de envergadura, toda em madeira também, e fincada num pedestal de pedra e bronze, com os dizeres "Ordo Fratrum minorum Cappucinorum". Do outro lado, uma grande janela lateral com vista para uma bela horta que era cuidada pelo próprio padre. Na entrada desta sala, uma porta gigantesca e sólida, talhada com um desenho de São Francisco de Assis.

O primeiro a chegar foi o Dr. Domorto. Sempre elegante, usava uma cartola e um fraque neste dia. Condolente, beijou a mão de padre Aurélio, e sentou-se ao lado. Suspirou, olhou fixamente para os olhos do padre e baixou a cabeça, ficando em silêncio até a chegada de Otávio.

O coronel chegou logo em seguida. Passos largos, grosseiro, sequer cumprimentou alguém e disse:

— Temos algo muito importante para resolver. Deodato nos dirá o caminho. Vamos esperar, e logo saberemos o que fazer.

Cerca de trinta minutos depois da hora marcada, adentra o delegado Deodato Antunes. De terno com tons de cinza e uma pasta debaixo do braço, cumprimentou e sentou-se junto à mesa:

— Boa tarde, ilustres colegas. Padre, doutor, coronel. É com pesar que eu e Otávio solicitamos esta reunião. Hoje pela manhã, o prisioneiro, senhor Corvo, fugiu da prisão com a ajuda daquele indigente, o tal Bafafá. Depois o matou e se escondeu.

— E o senhor já o procurou, delegado? — perguntou Aurélio.

— Sim, eu fiz uma busca pela cidade, inclusive no quarto em que o pistoleiro passava sua estada, no Hotel Campestre. Otávio foi junto comigo — respondeu.

— Corvo levou todas suas tralhas de lá. Deve ter entrado e saído pela janela do quarto. Eu não percebi nada diferente no hotel. Porém, estava direto por lá, desde ontem à tarde — afirmou Otávio.

— Como o delegado acha que o forasteiro fugiu da cadeia? — interpelou Domorto.

— Olha, não sei bem ao certo. Apenas que, quando cheguei pela manhã, a porta da delegacia estava entreaberta. Havia marcas de sangue pelo chão e, na cela, somente o corpo de Bafafá.

— Pelo que sei, o delegado deixa seus prisioneiros acorrentados, não é? — inqueriu novamente.

— É verdade, Domorto. As correntes foram arrebentadas. Havia uma pedra no local. Acredito que a tenha usado para abri-las, pois estava toda gasta — disse Deodato.

— Entendo. Mas por que Bafafá iria salvar Adamastor? — perguntou Aurélio.

Entreolharam-se, intrigados.

— E por que Adamastor mataria seu comparsa??? — raciocinou em voz alta Domorto.

— O que o ilustríssimo delegado nos diz? — interrogou novamente Aurélio.

— Primeiramente, não estamos aqui para discutir a fuga em especial, e sim a situação de termos novamente um bandido à solta em nossa cidade. O fato de estarmos aqui reunidos hoje é para sabermos o que iremos fazer daqui por diante. Uma busca? E o encontrando, mataremos Adamastor? Avisaremos ou não a população? A situação é crítica, colegas. Reunimo-nos os quatro por sermos pessoas intelectualizadas, pessoas de influência, pessoas politicamente ativas na região. Devemos nós decidir o que fazer. Ademais, é claro que Corvo matou Rúbia, matou Corbélia, e matou Romero.

Boquiabertos, os membros mantiveram a pose e deram suas opiniões:

— Acredito que devemos fazer uma caça a Adamastor. Convocamos a população para nos ajudar até pegá-lo. Depois decidimos o que faremos com ele — complementou Deodato.

— Acho mais certo matar esse forasteiro. Nossa cidade era uma maravilha antes deste ser chegar por aqui. As notícias das mortes correram rápido, e o majestoso Hotel Campestre já está às moscas. As pessoas que por aqui passam preferem seguir mais em frente e ficar na cidade vizinha. Eles estão com medo dessa onda de homicídios. Se dermos jeito nesse tal Adamastor, poderemos veicular isso na imprensa e voltar a atrair visitantes. Melhora o comércio e tudo começa a andar bem novamente — disse Otávio.

— Meus filhos, como padre e pároco desde lugar, não posso concordar com vocês. Este homem do qual falam pecou contra a maior obra de Deus, a vida. Quebrou um dos dez mandamentos. E deve ser penalizado por isso. Deve pagar no mundo dos homens. Devemos prendê-lo até que seja julgado pelos crimes que cometeu.

— Vou falar novamente o que sempre disse. Corvo certamente não é boa gente, e não deve permanecer em nossa Mariluz. Mas lembrem de minhas palavras: ele não assassinou o prefeito Romero. Disso eu tenho certeza. Ou temos outro bandido aqui, ou temos dois. Vamos vasculhar a cidade a procura de provas que nos levem ao verdadeiro assassino. — Foi a ideia do doutor Domorto.

Conversaram muito sobre os ocorridos e chegaram a uma conclusão: prender novamente Adamastor Corvo.

Incerteza

Hora de nosso leitor raciocinar sobre os fatos mencionados até agora.

Se Adamastor não foi o causador das mortes, ou de parte delas, quem o seria? A verdade é que na cabeça de cada um o imaginário não cessava. Era possível que outra pessoa, de fora da cidade, estivesse "assombrando" Mariluz? Ou realmente as sombras do passado e seus fantasmas teriam voltado para tomar conta de suas posses? Era sabido que ali aconteciam coisas inexplicáveis do tipo aparições, vultos, visões, e lobisomens. A lenda de Bafafá era muito real na cabeça das pessoas da região. Bafafá era conhecido como um homem-lobo. Não se misturava. Vivia de rendas de doações dos transeuntes nas escadarias da igreja. Nunca era achado à noite. Aliás, noites essas em que se ouviam uivos longos e sonoros.

Outra lenda bem presente era a do Fantasma do Senhor Cadeado. Parece que vivia nas minas de carvão e que vinha em alma, volta e meia, visitar sua estimada esposa, Dona Mariluz, enquanto era viva. Depois da morte da Senhora Mariluz, ficou perdido em seu purgatório e tem sido visto comumente, segundo os velhos, entrando nas casas de pessoas diversas, assustando-as até a morte. Poderia então ser a causa do falecimento prematuro de Rúbia e Corbélia. Seria possível algo do além estar causando mortes tão misteriosas. Por mais que os "velhos" sustentassem de alguma forma essa ideia, não era isso que imperava na cabeça dos mais intelectualizados. Parece mesmo que há um jogo de intrigas e de interesses. Um empurra-empurra, que começa a deixar a sociedade bem dividida. Parte apoia o Doutor Domorto, que afirma morte de causas naturais de Rúbia e assassinatos de Corbélia e Romero. Parte apoia o Delegado Deodato, que sustenta a tese de que Adamastor Corvo matou Rúbia, Corbélia e Romero.

Por conta disso, Deodato seguiu em campanha contra Corvo. Espalhou cartazes de procurado com o nome e figura do indivíduo por toda cidade. Começou a alistar voluntários para caçar Adamastor.

Do outro lado, Domorto, que, apesar de concordar com a prisão de Corvo, desperta para uma investigação pessoal e particular dos fatos.

Várias pessoas estão na mira de quem observa ao longe essa sequência de assassinatos.

Adamastor é um forasteiro. Ninguém sabe ao certo o que viera fazer na cidade. Tem hábitos estranhos. Não dá pistas de seu paradeiro. Sempre anda armado. E tem uma relação temporal com a ocorrência das três mortes.

Romero, apesar de morto, pode ter matado Rúbia e, inclusive, Corbélia. As duas eram as grandes causadoras de suas preocupações. Sua imagem política à frente da prefeitura não poderia, de forma alguma, ficar ainda mais comprometida. Ele tinha um ego muito forte.

Rúbia poderia ter matado Corbélia, por que não? Rúbia tinha uma história de vida muito conturbada. Seu humor era muito variável. Ficava agressiva de forma muito repentina e poderia tomar uma atitude precipitada, até mesmo matar por vingança.

Deodato Antunes parece ser um homem de bem. Porém, teve um caso de amor com Rúbia. É o dono da lei e faz o que bem quiser na pequena cidade. Um bom exemplo do que é capaz foi ocultar o cadáver de Bafafá, assim como poderia ocultar parte da história daquela cidade.

Corbélia, apesar de ser uma pessoa de aparência muito tranquila, inclui-se como ré pelo simples fato de ter sido amante de Romero. Recebia presentes vários, além de sempre estar empregada em cargos comissionados. A assinatura de Romero era sempre o convite de uma vida melhor para a professora, e Rúbia poderia ser um empecilho para a continuidade disso.

Padre Aurélio. Esse frade que tanto defende sua paróquia pode ter matado Rúbia, não??? Aurélio foi, por certo, apaixonado por Rúbia. Um amor tão intenso que poderia ter lhe tirado a batina. Ele chegou ao autoflagelamento por conta dessa tentação. O padre nunca aceitou o fato de Rúbia ter sido uma prostituta. Para ele, Rúbia foi uma desilusão muito, mas muito grande, e era prejudicial para si e sua Igreja.

E o doutor Domorto. Interessante o fato de ele sempre aparentar uma tranquilidade extrema, mesmo sobre os fatos mais sombrios. Domorto era dono da funerária. Para ele era grande negócio pessoas especiais serem suas "clientes". Domorto tinha um apego muito grande a Romero. Era amigo e confidente. Pode ter acabado com a vida de Rúbia e Corbélia a mando de Romero, ou até por conta própria, a fim de salvaguardar a alma do prefeito de Mariluz.

Coronel Otávio era outro que sempre esteve na mira de qualquer investigação policial. Dono de um arsenal, tinha armas dos mais variados tipos. Foi militar, participou de batalhas, e aprendeu técnicas de execução e guerrilha. Tinha um temperamento difícil. Não aceitava ser mandado. Qualquer afronta era motivo para sacar uma arma. Parecia não ter motivos para assassinar, mas sua personalidade histriônica poderia esconder um verdadeiro "serial killer".

E o lobisomem Bafafá. Tinha parte com o Diabo. Seu domicílio era um mar de carne e sangue. Podia facilmente matar. Até porque tinha um jeito estranho. Um jeito de quem não "bate" bem da cabeça. Tinha ideias malucas e, dizem, também alucinações.

Outra possibilidade é alguém anônimo nesta história estar na cidade e ter cometido parte dos crimes. Pois, afora a morte de Bafafá, que foi assassinado por Corvo em defesa de si mesmo, não há um fato concreto para incriminar ao certo qualquer um dos personagens deste conto. Os relatos, os locais, os mistérios que encobrem as mortes são muitos. É possível alguma outra pessoa, de caráter indefinido, ter participado deste ciclo?

O certo é que a população está assustada e quer prender Adamastor, junto com Deodato. Hora de refletir sobre quem é o assassino...

Quem você, leitor, acusaria???

As buscas começam na manhã seguinte. Um dia diferente, com sol e céu limpo, azul-celeste. Encontram-se à frente da Delegacia, Deodato Antunes, munido de facão e garrucha na cartucheira, e umas dez pessoas, todas armadas até os dentes, patrocinadas pelo coronel Otávio, o qual não compareceu à busca. Também dois cães de caça ajudariam na caçada. Assim, combinaram três grupos distintos. Um procuraria por Corvo na própria cidade, e os outros dois na mata fechada. Coordenando a empreitada na mata estava o próprio delegado. Era bem cedo. Dividiram-se conforme o esquema e seguiram. Horas a fio à procura do desconhecido. À procura do suposto matador. À procura da sua própria morte. Era a caça ou o caçador.

Caçada

Saiu o grupo chefiado por Deodato em direção à mata. Descendo mais a encosta, seguem por trás da delegacia pela rua de chão. O orvalho da manhã fazia pingar gotas das árvores sobre as cabeças do grupo de quatro pessoas. Apesar do alvorecer com céu azul, ainda há uma discreta, névoa floresta adentro. Com um facão grande e afiado, Deodato vai cortando os galhos e ramos para passar. À medida que caminham, o rastro da destruição vai ficando para trás. Raios de sol penetram pela copa das árvores. O perdigueiro Rex acompanha o quarteto.

À distância, observam certa movimentação na mata. Ruídos de passos, lentos, sobre as plantas. Uma árvore treme suas folhas:

— Corre, Rex, corre!!! — gritou Deodato para o cachorro, que avançou na mata em direção àquele barulho. Momento de tensão. Os membros da equipe fazem cara de horror. O cão late compulsivamente. Rosnados graves, instintivos do animal. Ensurdecedora briga e um vencedor. A cerca de uns 15 metros de distância, aproximam-se, de armas em punho, Deodato e seus comandados. Suor, arrepio, medo!!!

O cão late novamente e saí de uma moita com a boca ensanguentada. Ele indica o caminho para seu dono. Entra novamente sob os arbustos e com a boca tenta puxar algo. Deodato estica o pescoço. O animal, com uma força descomunal, traz um corpo nas suas presas. Suspense. Riso sardônico e desespero. Somente o cadáver de um cervo selvagem. Nada mais. Desilusão.

Continuam a caminhada sem fim. O tempo passa, e vai ficando escasso. Por um caminho inverso, chegam atrás do galpão que pertencia ao andarilho Bafafá. Ali o cheiro de carniça e as moscas predominam. Observam pelos buracos das paredes. Aparentemente nada de diferente. Deodato e seus comparsas percebem um fio de fumaça saindo de alguns gravetos em meio ao galpão. Resolvem entrar. Derrubam à pés e machado o portão central. Deparam-se com uma fogueira quase que extinta, mas ainda com um calorzinho como se houvesse fogo recente. Bem de pertinho, ainda dá para sentir o odor das cinzas.

— Ele esteve aqui — falou Deodato.

— Devemos continuar as buscas, delegado??? — perguntou o peão.

— Com certeza! Esse nojentinho deve estar aqui por perto. A fogueira é recente, sequer apagou totalmente. Ele está escondido. Vamos achá-lo, e será logo — complementou o delegado.

Deixaram o galpão. Penetraram ainda mais na mata. Ao longe, vislumbraram uma enorme clareira. O som das águas batendo forte nas pedras anunciava a bela cachoeira que estava por vir. Naquele lugar, um rio descia com forte correnteza. Provinha da linda queda d'água. Era um rio com cerca de dez a quinze metros de largura. Raso. Dava para ver as pedras arredondadas e uns cardumes serpenteando-as no fundo dele. A água era cristalina. Às margens, um entorno de pedras claras dava muita beleza ao local.

Sobre uma das grandes rochas que margeiam a cachoeira, uma camisa suja, fétida e amarrotada do tempo. Deodato pegou-a em mãos, cheirou e reconheceu:

— É dele. O sujeitinho está por aqui. Cuidado. Todos a postos — orientou.

Ao lado daquela, as alpargatas de Corvo.

Entreolharam-se todos. Era certo que Adamastor estava bem perto. Separaram-se em meio à clareira e o procuraram ao redor, enquanto o delegado ficou centrado, próximo ao piscinão formado pelos redemoinhos da água corrente.

Em minutos, um grito alto e continuado durou segundos. Grito de dor. Vinha de um daqueles cantos. Todos correram em direção a Deodato, questionando o fato. Um dos três peões não voltou. Era um de nome Sarandi.

— Que foi isso, Deodato??? Você também ouviu este grito? Cadê o companheiro Sarandi?

— Vamos embora — falou o peão Gonçalo, desesperado.

— Calma aí, cambada de medrosos!!! Não vim até aqui para sair de mãos abanando. Perdi o dia todo procurando esse homem e vou pegá-lo vivo ou morto — respondeu Deodato.

— Vou embora. Fiquem você e Dionísio, delegado. Sarandi já se foi, eu não vou ficar para ver o que vai acontecer. Até logo.

Gonçalo, aflito, suado, pálido, pegou seu facão e correu mata adentro procurando um caminho de retorno para Mariluz.

Foram cerca de dois minutos até se ouvir um tiro que ecoou por todo vale. Depois disso, nada mais do barulho que o agitado Gonçalo fazia capinando a mata.

— Delegado. Somos só dois. Só pode ser esse tal Corvo. Ele está pegando um por um. O que vamos fazer??? — questionou o peão Dionísio.

— Olha aqui, Dionísio (deu-lhe um tapa na cara)!!! Para de ser covarde. Fica aqui de guarda que eu vou subir nessas pedras e olhar lá de cima da cachoeira.

Começou a escalar rente às águas. Subiu pelas pedras escorregadias até o cume e vislumbrou toda clareira e as copas das árvores. O seu comparsa gritou lá de baixo:

— Delegado, delegado!!! Vi algo atrás da...

E caiu em poça de sangue com um tiro na nuca, duro, apontando para onde o rio sumia dentro da mata fechada.

— Apareça, Corvo!!! Estou aqui em cima!!! Sou eu quem você quer.

Rio abaixo, a figura de um homem apareceu. Barbado, com os cabelos molhados da água e um olhar raivoso, de cara fechada. Sem a camisa, mas ainda de calças, apresentava o corpo todo arranhado. Cartucheira na cintura e arma em punho. Era Adamastor Corvo. Cruzaram olhares.

— Muito bem, Corvo. Agora é a hora do nosso acerto de contas. Não sei muito sobre você, mas sei muito bem o que veio fazer aqui. Lembra do bilhete que Romero te mandou? Pois eu o li — disse Deodato. — Você veio pra cá acabar com a vida de Rúbia. Você não sabe o quanto eu gostava daquela mulher. Você e o falecido prefeito acabaram com minha vida também. Hoje vivo para vingar a morte daquela linda mulher — complementou, apontando a garrucha para Adamastor.

— Fui contratado por Romero. Só quero sair daqui e seguir meu caminho em paz — disse Corvo em voz alta.

— Daqui você só sai morto. Vai encontrar o demônio agora mesmo!!! — disparou Deodato.

Dois tiros e o rolar de um corpo no rio.

Corvo, com as mãos sobre a cabeça, transtornado, observa Deodato morto vindo em sua direção, ainda vertendo sangue, boiando e batendo nas pedras.

Com as mãos trêmulas, jogou a arma sobre a pedra e puxou o corpo de Deodato para fora do rio. Ficou agachado.

— Corvo!!! — Uma voz vinda da mata.

— Quem está aí? Apresente-se — retrucou.

Apareceu em meio as árvores o doutor Domorto.

— Surpreso???

— O que o senhor quer, doutor?

— Nada de mais, Adamastor. Eu sei toda essa história. Imaginei que Deodato iria tentar te matar e vim salvar-te. Depois vou te contar tudo. Ainda bem que o tiro que dei foi fatal! — Sorriu o doutor, chutando o corpo de Deodato.

Domorto estendeu a mão para Corvo e o levantou. Deu-lhe um abraço e um tapa nas costas. Depois, levantaram o delegado e o jogaram numa ribanceira em meio à floresta. Voltaram na calada da noite para Mariluz.

Conto na funerária

Em meio à sombria noite, chegaram Domorto e Corvo à funerária. Entraram e fecharam a porta. Domorto tirou sua casaca e deu-a para Adamastor a fim de aquecê-lo. Colocou fogo numa pequena lareira que tinha. Sentaram-se. O doutor foi fazer um chá, enquanto o forasteiro ficou descansando em frente ao calor das chamas.

Domorto voltou com duas xícaras de chá quente e perfumado.

— Tome, caro Adamastor. Tenho muito que lhe contar dessa história. Acho que você não deve saber nem metade de tudo que aconteceu aqui!

Corvo bebeu o chá com vontade enquanto escutava o doutor:

— Bem. Como sabe eu era muito amigo de Romero, o prefeito. Certa vez, ele me falou que iria contratar um pistoleiro para dar fim em Rúbia. Rúbia lhe tirava a paciência, e vivia tendo casos amorosos pela cidade. Isto já estava influenciando na vida política do nosso governante. Assim, Romero chegou até você.

— Recebi a carta de Romero. Apenas vim fazer o serviço que me pediu. Nada disso tudo que passou deveria ter acontecido — disse Corvo.

— Isso mesmo. Eu sei. Inclusive fui eu quem entregou o éter usado por você para assassinar Rúbia. O problema é que esse tal delegado Deodato foi um amante de Rúbia. Ele era apaixonado por ela, e perdeu a cabeça. A primeira a sofrer por seus atos foi a professora Corbélia. Ela era apadrinhada de Romero e tinha ódio de Rúbia. Rúbia inflamou Deodato, que matou Corbélia a facadas.

— Corbélia foi a pessoa que morreu no meu quarto, no 1313? — inqueriu Adamastor.

— Sim — respondeu Domorto.

— Otávio contou-me que Deodato chamou Corbélia para almoçar no hotel, com o pretexto de conversar sobre as coisas da cidade, afinal eram duas pessoas influentes por aqui. Depois do almoço, levou-a para o andar superior do hotel e a ameaçou para entrar no quarto, que, por coincidência, era o seu. Parece que a amarrou na banheira e a apunhalou. Depois jogou o corpo de Corbélia pela janela, simulando um suicídio, e fugiu pelo mesmo lugar. Corbélia foi achada atrás do hotel por Otávio. Eu fiz a necropsia dela. O ruim da história foi que Deodato encontrou a carta que Romero te mandou em seu quarto. Fugiu e depois voltou para pegá-la. Ele mesmo nos contou em reunião.

— Por isso havia sangue na banheira do meu quarto. E Deodato entrou duas vezes nele. Então foi ele quem eu vi saltar pela janela do hotel — concluiu Corvo.

— Sim. E para sair ileso da história, Deodato precisava botar a culpa em alguém e se proteger. Botou a culpa em você pelas duas mortes. A que você provocou, Rúbia, e a que ele provocou, Corbélia.

— Certo, doutor, mas e a morte do prefeito?

— Romero foi morto por um tiro à distância, por trás e de cima para baixo. Também fiz a autópsia dele. Todos sabemos que você não faria isso por dois motivos: um porque você foi contratado de Romero e ainda estava por receber tua parte em dinheiro, e outra porque o vimos, eu e padre Aurélio, em frente ao coreto no dia do homicídio. O único que não foi visto naquele dia foi Deodato.

— Nossa, mas qual o motivo de ele matar Romero?

— Caro Corvo. Já te disse. Deodato estava enfurecido pela morte de Rúbia. Ele a amava e sabia das brigas e desentendimentos da primeira-dama com o prefeito. Rúbia contou e lastimou todos os fatos vivenciados com o esposo. Otávio estava lá no dia em que ela confidenciou tudo a Deodato. Ele ouviu tudo. Esse crime foi passional, e é claro que o delegado tinha que conseguir um álibi para sair tranquilo da história novamente. Jogou a culpa em quem? Em você, Corvo. Até porque ele queria vê-lo morto. Afinal, você matou Rúbia.

— Claro, as coisas começam a se encaixar. Mas e o Bafafá. Deodato mandou ele me matar? — perguntou Corvo.

— Não. Parece que Deodato apenas facilitou a vida de Bafafá deixando-o com as chaves da cadeia e a porta da delegacia aberta. O andarilho procurou Deodato antes e lhe informou sobre o que iria fazer. Então o delegado consentiu e o ajudou. Bafafá foi matá-lo a mando de Romero. Ele me disse uma vez que procurou o mendigo na madrugada e pediu que te matasse com a sua própria faca, para que também simulasse um ato suicida e desse fim em tudo isso. Você sabia coisas demais, e ele como político maior daqui não poderia ter sua trajetória marcada por ser mandante de um crime. Imagine se você resolvesse contar para alguém sobre o ocorrido com Rúbia!!! Acabaria com a vida de Romero por aqui.

— E o doutor, por que me salvou?

— Meu amigo Adamastor, eu vim para ver as coisas voltarem ao normal. Essa cidade não merece todos estes problemas que vivenciamos. Também vim vingar meu amigo Romero. E vou botar fim em tudo isso. Com Bafafá morto, Deodato morto e você morto, amanhã será mais um dia normal em Mariluz.

— Vai matar-me, doutor?! Você que pensa — resmungou Corvo, tonto e com a fala enrolada.

— Corvo, não seja um estraga-prazeres. O chá que lhe dei contém cicuta. Logo você vai desfalecer, seu coração vai parar e você vai sonhar eternamente.

Adamastor tentou levantar-se, mas caiu repentinamente sob os pés de Domorto.

Com a frieza que sempre teve, Domorto carregou-o para o porão da funerária, deu-lhe duas facadas e concedeu o atestado de óbito: "morte violenta".

Colocou-o no caixão pela manhã e o deixou em frente à funerária para a apreciação da população de Mariluz com os seguintes dizeres:

"Este homem matou Rúbia, matou Corbélia, matou Deodato, matou Romero. Agora o matei por ordem de Mariluz. Perdão ao povo desta bela cidade".

Assinado: Doutor Domorto.